TRAHISON ET CONSÉQUENCES

DANS LA MÊME SÉRIE

1. *Le pouvoir des Trois*
2. *Le baiser des ténèbres*
3. *Le sortilège écarlate*
4. *Quand le passé revient*
5. *Rituel vaudou*
6. *Menaces de mort*
7. *Le violon ensorcelé*
8. *Le secret des druides*
9. *La fiancée de Nikos*
10. *La statue maléfique*
11. *La sorcière perdue*
12. *Mauvais esprits*
13. *Le jardin du mal*
14. *Démons sur le Net*
15. *Mauvaises fréquentations*
16. *L'ombre du sphinx*
17. *L'enlèvement des sorciers*
18. *Étranges nuées*
19. *Le reflet du miroir*
20. *Entre deux mondes*
21. *Trahison et conséquences*

Charmed™

TRAHISON ET CONSÉQUENCES

Une histoire originale de
Cameron Dokey
d'après la série télévisée « Charmed »
créée par Constance M. Burge

Fleuve Noir

Titre original :
Truth and Consequences

Traduit de l'américain
par Betty Peltier-Weber

ISBN : 2-265-07792-5
ISSN : 1627-8364

Il allait mourir. Le sable allait le tuer. Ce n'était plus qu'une question de temps.

Le sable était partout. Il remplissait maintenant les yeux de Cole, son nez, sa bouche et ses oreilles, s'infiltrant sous les vêtements, lui égratignant la peau. Il y en avait au-dessus de lui et en dessous, devant lui et derrière lui, l'embrassant partout comme une fiancée jalouse qui n'aurait voulu le garder que pour elle.

Cole pouvait sentir son cœur battre très fort et cette sorte de sifflement, sans doute le bruit de sa propre respiration à travers ses poumons douloureux.

Il essaya de se dégager des mains qui l'agrippaient pour avancer dans le sable comme un ver, mais il savait que c'était inutile. Sa force diminuait, il se sentait terriblement faible. Elles, en revanche, étaient très fortes et surtout tellement, tellement nombreuses !

PROLOGUE

C'était par une nuit de ténèbres et de brouillard.

Un brouillard épais, furtif, pénétrant. Le genre de brouillard qui rampe dans les venelles, enfonce ses doigts dans les cheminées, se rassemble dans les rues, s'empile sur lui-même jusqu'à former des murs compacts.

Dans tout San Francisco, les lumières se tamisaient au fur et à mesure que le manteau de brume les enveloppait, puis les avalait. Les points de repère disparaissaient. Le brouillard métamorphosait les traits des visages familiers pour en faire des étrangers. En épaississant, il transformait même la réalité en un concept abstrait : tout devenait illusion.

Même ceux qui étaient nés à San Francisco et y avaient grandi, qui étaient habitués à la manière dont cette substance blanche s'échappait de la baie dès la tombée de la nuit, enveloppaient leurs corps de leurs bras en frissonnant. Dans tous les quartiers, les gens abrégeaient leurs réunions ou leurs courses après le travail pour se précipiter chez eux, heureux d'être sains et saufs.

Et il leur venait à tous une pensée que personne n'aurait osé exprimer à voix haute tant ils s'en voulaient d'y avoir songé. Une pensée terrifiante et obsédante qui donnait la chair de poule… D'ailleurs, se dire que cette pensée n'était que le fruit de leur imagination ou qu'ils avaient regardé trop d'épisodes de *La Quatrième Dimension* n'aurait servi à rien.

Parce que même si les habitants de San Francisco essayaient de s'en débarrasser, la pensée s'incrustait en eux :

Quelque chose s'approchait. Quelque chose d'étrange qu'on préférait ne pas rencontrer sur son chemin. Quelque chose qui surgissait avec le brouillard.

Caché de l'autre côté de la rue, il les observait. Les trois sorcières. Les Charmed. Une épine collective dans le flanc de toutes les créatures obscures et maléfiques.

Lui-même était l'une de ces créatures.

Bien sûr, il avait déjà entendu parler des Charmed. Rares étaient ceux du monde des ténèbres qui ignoraient leur existence. Ses propres soucis et une mission bien définie ne lui avaient jamais donné l'occasion d'être en contact avec ces sorcières qu'on disait les plus puissantes du monde. D'ailleurs, jusqu'à ce jour, les Charmed ne l'avaient jamais intéressé.

Mais cette nuit tout allait changer.

Il n'avait pas vraiment besoin de se tenir là, dans les rues fraîches de San Francisco, le regard braqué sur une maison aux fenêtres éclairées. C'était de la pure curiosité, il fallait bien l'admettre. Qui étaient ces femmes à l'apparence si trompeuse ? Ces Charmed ?

D'une certaine manière, il leur ressemblait. Ne trompait-il pas, lui aussi, les apparences ? Sauf qu'en lui, tout était mauvais. Il était en quelque sorte leur négatif.

Il traversa la rue, pénétra dans le jardin et se dirigea droit vers la grande fenêtre de la façade. Il savait qu'il n'avait pas à craindre d'être vu. Personne ne pouvait le voir si lui-même ne le désirait pas. Et pour l'instant, il ne le désirait pas. Pas encore. Le moment n'était pas venu.

Il se contenta donc d'observer les sorcières qui circulaient dans toute la maison, ses yeux percevant des choses qu'un simple mortel ne verrait jamais. Mais à quoi bon se comparer à un être normal ? De son propre gré, cela faisait très longtemps qu'il n'appartenait plus au commun des mortels.

L'une des Charmed dressait la table pour le dîner et une autre épluchait des légumes pour la salade. La troisième mélangeait quelque chose dans une casserole, sur la cuisinière. Elles avaient l'air très détendues, heureuses, et terriblement normales.

Profitez-en bien pendant qu'il en est encore temps, les sorcières ! pensa-t-il avec un sourire cruel.

Sous ses yeux, celle qui préparait la salade termina sa tâche puis fit le tour de la maison, fermant les volets, tirant les rideaux, pour barrer le passage à la nuit et au brouillard.

En arrivant à la grande fenêtre, la main sur la poignée de la crémone, elle hésita un instant. Il aurait juré l'avoir entendue frémir d'effroi et dut se retenir pour ne pas rire de satisfaction. Ainsi, cette sorcière pouvait sentir sa présence invisible…

D'un geste de la main, il agita l'air qui fit tournoyer le brouillard autour de lui comme une immense cape de magicien.

Tu aimes mon entrée en scène ? demanda-t-il en silence. *Attends de voir ce que je ferai pour le deuxième acte !*

Puis, aussi silencieux et invisible qu'il était venu, le voyeur disparut.

— Phoebe ? interrogea doucement Piper Halliwell. Ça ne va pas ?

Debout devant la grande fenêtre, Phoebe restait les yeux dans le vague.

Mais qu'est-ce qui m'arrive ? se demanda-t-elle.

Depuis l'arrivée du brouillard, elle avait les nerfs à fleur de peau. Elle jeta une fois de plus un coup d'œil par-dessus son épaule, comme si elle s'attendait à trouver quelqu'un derrière elle. Mais bien entendu, il n'y avait personne.

Bien entendu.

Elle avait pris conscience de son malaise en remarquant que ses deux sœurs l'observaient avec inquiétude. Après cela, elle avait fait un effort pour se contrôler. Mais l'impression demeurait. Elle empirait, même ! Finalement, Phoebe avait décidé que cela ne pouvait plus continuer ainsi.

Et si je fermais les rideaux… Peut-être finirait-elle

par pouvoir se débarrasser de cette impression détestable qu'il y avait quelque chose, là, au-dehors. En train d'attendre, de l'épier.

Elle croyait même y être parvenue, jusqu'au moment où elle avait voulu fermer les volets du salon et avait de nouveau senti…

Qu'était-ce déjà ? Pas une prémonition, en tout cas. Ce n'était pas assez précis. Juste une impression. Plus qu'une impression, d'ailleurs. Une certitude.

La certitude qu'il y avait quelque chose dans le brouillard. Quelque chose qui clochait.

Et, d'après son expérience, il y avait de fortes chances pour que ce quelque chose qui clochait finisse par se manifester.

Auprès de qui ? Des Charmed, bien sûr !

CHAPITRE 1

Deux jours plus tard, toutes traces de brouillard avaient disparu et San Francisco était revenu à la normale. Dans toute la ville, les gens étaient sortis de chez eux, même en milieu de semaine, tant ils se sentaient soulagés.

C'était mercredi soir et Phoebe Halliwell s'était mise sur son trente et un pour aller dîner au restaurant.

Elle s'y trouvait d'ailleurs déjà. *Chez Richard* était un petit bistro français chic et branché pour rendez-vous romantiques. À cette occasion, Phoebe avait choisi une tenue aussi sexy que les lieux. Même si, pour l'instant, elle était la seule à pouvoir en juger.

Elle avait repéré la robe la veille, dans sa boutique préférée. En solde, ce qui n'avait pas été pour lui déplaire. Cela lui avait permis d'oublier un instant cette sensation étrange et désagréable laissée par le brouillard. La robe en soie rouge cerise seyait parfaitement à ses cheveux châtains, avec une coupe qui suggérait ses formes délicieuses sans pour autant les révéler.

Ce doit être dû au fait que je suis sur le point de devenir une vraie petite femme rangée, pensa Phoebe avec ironie. *C'est comme si j'éprouvais soudain le besoin de mettre un peu de piquant dans ma vie amoureuse.*

Ce qui n'était pas vraiment le cas !

Le cadre et l'atmosphère du restaurant pouvaient être considérés comme les points positifs de la soirée. Le point négatif, en revanche, était que Phoebe restait pour l'instant la seule à apprécier ces points positifs car son fiancé, Cole Turner, n'était pas arrivé et elle n'avait pas la moindre idée de ce qui avait pu ainsi le retarder.

Cole, où es-tu ? se demanda-t-elle.

Elle changea de position sur le tabouret étroit du bar, sentant la soie de la robe venir caresser sa peau quand elle décroisait, puis recroisait, ses jambes. *Je me demande si ce petit exercice peut compter pour de l'aérobic*, pensa-t-elle. Si c'était le cas, elle avait déjà suffisamment travaillé pour se faire pardonner le menu qu'elle allait choisir, même s'il comprenait les délicieux choux à la crème qui faisaient la réputation de *Chez Richard* ! Phoebe jeta un bref coup d'œil à sa montre. Cela faisait près de vingt minutes qu'elle décroisait et recroisait les jambes…

Du calme, voyons ! se rabroua-t-elle silencieusement. *Inutile de t'inquiéter si Cole est en retard. Il doit être pris dans un bouchon.* Elle-même avait dû se montrer patiente, tellement il y avait eu de circulation, ce soir. C'était la première fois depuis très longtemps qu'elle voyait sortir autant de monde en milieu de semaine sans aucune raison particulière. Maintenant que Cole était devenu un simple mortel, il devait lui aussi se soumettre aux aléas de la vie de tout le monde, y compris aux bouchons ! C'était peut-être là un rite initiatique bizarre pour être confirmé en tant que mortel.

Peut-être… Mais peut-être pas !

Phoebe but une gorgée de l'eau minérale qu'elle avait commandée et fit une grimace quand les petites bulles glacées explosèrent contre son palais. Ce n'était pas parce que les créatures démoniaques et repoussantes du Monde des Ténèbres n'avaient pas, depuis quelque temps, attaqué leur ancien comparse Cole qu'elles renonçaient à lui donner la chasse !

Les démons n'étaient pas du genre à oublier le passé aussi vite.

Cet avis de grand calme sur le front des êtres démoniaques pouvait carrément être considéré comme un mauvais signe ! Après tout, il fallait bien que leurs harcèlements recommencent un jour ou l'autre, d'autant plus que Cole avait gardé bon nombre d'ennemis dans le milieu du surnaturel. Son amour pour Phoebe en était d'ailleurs l'origine.

Même si tous les gens pouvaient cacher un côté sombre en eux, Cole avait été un cas d'école du genre. Pendant des siècles, littéralement mi-démon et mi-humain, Cole avait été habité par l'un de ces êtres ambivalents et portait le nom de Balthazar.

La dernière mission de ce démon Balthazar consistait essentiellement à devoir tuer Phoebe et ses sœurs Prue et Piper. Ensemble, ces trois jeunes femmes devenaient les sorcières les plus puissantes du monde et on les appelait les Charmed.

Tout se déroulait parfaitement bien pour Balthazar, jusqu'à ce que Cole, son côté humain, subisse un coup du sort. Il était tombé amoureux de l'une de ses futures victimes. Phoebe, pour être précis. Le destin voulut que Phoebe tombe également amoureuse de Cole. Ensemble, ils avaient éliminé Balthazar et Cole était maintenant humain à cent pour cent.

Mais leur bonheur avait eu un prix…

Prue, pensa Phoebe tandis qu'une image de sa sœur perdue lui revenait fortuitement à l'esprit. Elle cligna rapidement des paupières pour tenter de repousser les larmes qui commençaient déjà à se former.

Cela ne servait à rien de pleurer Prue. Elle était partie. C'était aussi simple et aussi compliqué que ça. Et Phoebe eut le sentiment que sa sœur aînée serait à la fois touchée et irritée par ses larmes.

Elle pouvait presque entendre sa voix un peu rauque :

Tu sais, Phoebe, ma puce, j'ai accompli mon destin alors que le tien est encore devant toi. Il faut que tu continues.

Je sais, pensa Phoebe. *Je sais, Prue... C'est juste que…*

Eh oui ! continuer n'était pas toujours chose facile. Phoebe éprouvait encore un immense chagrin en pensant à sa sœur aînée. Prue avait sacrifié sa vie en protégeant les innocents, en accomplissant son devoir de Charmed.

Avec sa mort, le Pouvoir des Trois avait été anéanti.

Pendant longtemps, en dépit de l'amour qui brûlait entre Phoebe et Cole, on aurait pu penser que

Balthazar et les Forces du Mal parviendraient finalement à triompher.

Ce fut alors que le miracle ou du moins l'inattendu était arrivé. Sous la forme d'une jeune femme : Paige Matthews.

Phoebe et Piper l'avaient initialement prise pour une innocente parmi d'autres, ayant besoin de leur protection. Protection qu'elles n'étaient d'ailleurs pas certaines de pouvoir continuer à apporter à quiconque, puisqu'elles n'étaient plus que deux.

Paige, quant à elle, avait été attirée vers les sœurs Halliwell pour des raisons inexplicables.

Mais finalement, ce furent ces mêmes raisons qui les mirent toutes sur le chemin de la guérison... Ces raisons avaient apporté à Paige les parties d'elle-même qui semblaient toujours lui avoir fait défaut. Ces raisons avaient également rendu à Piper et Phoebe une sœur dont elles avaient jusque-là ignoré l'existence. Ces raisons avaient surtout permis aux trois jeunes femmes de reconquérir le Pouvoir des Trois.

Le nom de famille de Paige était Matthews, mais elle était avant tout une Halliwell.

Paige était en fait une demi-sœur de Piper et de Phoebe. La fille que leur mère avait essayé de protéger en la faisant adopter, le fruit d'un amour interdit entre une sorcière et l'Etre de Lumière envoyé pour la protéger.

On dirait que les histoires d'amour bizarroïdes sont une habitude, dans la famille, songea Phoebe.

Comme si la sienne avec Cole ne suffisait pas, il y avait également celle de Piper et de son mari Léo, l'Etre de Lumière attitré des Charmed. Leur amour avait été mis à l'épreuve bon nombre de fois, mais leur attachement réciproque l'avait finalement remporté, même contre les supérieurs de Léo, le Conseil des Sages. Contrairement à leur mère, Piper avait pu épouser son Etre de Lumière.

Cela expliquait pourquoi aucune des filles Halliwell n'avait été informée de l'existence dc Paige, bien qu'elle soit leur demi-sœur. Complètement déstabilisée, voire même paniquée devant sa nouvelle situation, Paige avait fini par se laisser convaincre. Elle avait donc accepté ses pouvoirs, son devoir, son destin. Le Pouvoir des Trois, le Cercle des Charmed avait enfin été restauré.

La vie peut parfois apporter son lot de surprises ! pensa Phoebe. Et toutes n'étaient pas forcément agréables. La découverte de Paige avait été assez amusante, surtout que cela signifiait que Phoebe n'était plus la cadette. Avec la mort de Prue, Piper était devenue l'aînée des Charmed.

Tout cela donnait une nouvelle perspective à leur manière de fonctionner. Piper avait toujours joué le rôle de médiatrice, celle qui maintenait la paix entre Prue l'organisée et Phoebe la rebelle. Maintenant, c'était au tour de Phoebe de maintenir un statu quo entre Paige qui prenait des risques inconsidérés et Piper qui, en tant qu'aînée, devait maintenant se montrer plus prudente. Au début, cela n'avait été facile pour personne, mais les choses semblaient s'arranger ces derniers temps entre l'aînée et la cadette. Piper et Paige passaient de plus en plus de temps ensemble, chuchotant et ricanant comme si elles se connaissaient depuis toujours. Elles s'entendaient tellement bien, en fait, que Phoebe en était parfois surprise.

C'est peut-être à cause de cela que Cole est en retard, pensa soudain Phoebe.

Le fait qu'il n'y ait aucun rapport de cause à effet entre la complicité de ses sœurs et le retard de Cole ne la dérangea pas plus que cela. Cela faisait longtemps qu'elle attribuait les sauts du coq à l'âne de son esprit à ses pouvoirs de prémonition. Elle voyait des choses que les autres ne voyaient pas.

Après tout, cela valait mieux que de se dire qu'elle perdait la boule !

Peut-être Cole était-il en retard parce qu'il s'était arrêté en chemin pour lui faire une petite surprise… des fleurs, par exemple. Cole avait été aussi enthousiaste qu'elle à la perspective de passer leur soirée ensemble. Maintenant qu'il faisait de son mieux pour être un bon mortel, c'était tout à fait le genre de chose qui pouvait lui passer par la tête, sans même imaginer un instant que cela pourrait le mettre en retard.

C'est sûrement cela, pensa Phoebe tandis que la tension abandonnait graduellement ses épaules. Le retard de Cole était certainement dû à une surprise qu'il lui préparait. Cela n'avait rien à voir avec des changements surnaturels. Elle avait paniqué pour rien, ce qui lui arrivait assez souvent, d'ailleurs. Il ne lui restait plus qu'à se détendre et profiter de ce moment de solitude.

À cet instant, son téléphone mobile se mit à sonner avec frénésie. Phoebe sursauta si violemment qu'elle faillit dégringoler de son tabouret. *Il faut absolument que je change de sonnerie*, pensa-t-elle en fouillant dans son sac minuscule, à peine plus grand que son portable.

— Allô ?

— Phoebe ?

Ouf ! c'était Cole. Soulagée, elle s'accouda au comptoir.

— Je suis désolé de ne pas encore être arrivé, dit-il d'une voix qu'elle trouva préoccupée. Tu vas bien ?

— Oui, bien sûr. Mais toi, est-ce que tu vas bien ?

— Pourquoi est-ce que je n'irais pas bien ? demanda Cole. Bon… ajouta-t-il après un bref silence, excuse-moi, Phoebe. Écoute…

— Tu es sûr que tout va bien, l'interrompit Phoebe, consciente de passer pour une hystérique. (Mais c'était plus fort qu'elle. Elle s'était vraiment inquiétée à son sujet.) Ta voix semble un peu… je ne sais pas… un peu bizarre.

Des visions de Cole emprisonné dans une caverne sordide du Monde des Ténèbres, terrassé par des démons venaient hanter son esprit.

— Phoebe, ma chérie, dit Cole d'une voix patiente. Je téléphone d'un portable.

Phoebe laissa échapper un long soupir.

— D'accord, concéda-t-elle.

Allez, ma vieille ! Ressaisis-toi ! Depuis quand es-tu une fille-crampon ? Si les fiançailles avaient cet effet sur une fille, peut-être Cole et elle devraient-ils revenir sur leur décision ? Phoebe s'était toujours enorgueillie d'être quelqu'un d'indépendant. Ce comportement ne lui ressemblait pas du tout.

— Cole ?

— Oui ?

— Veux-tu bien me dire où tu te trouves ?

— Je suis au bureau, répondit-il immédiatement. Je suis désolé de ne pas t'avoir appelée avant, mais j'étais pieds et poings liés par cette affaire.

— Du moment que tu ne l'étais pas au sens propre du terme ! déclara Phoebe, soulagée de voir ses craintes se dégonfler comme un ballon percé.

Que je peux être sotte ! Aucun des scénarios catastrophe qu'elle avait imaginés n'incluait celui auquel toute femme sensée aurait pensé en premier : que son cher et tendre était retenu au bureau par son travail.

— Heureusement non, répondit Cole. Mais c'est la seule bonne nouvelle. Je regrette, Phoebe, mais…

Il s'interrompit, comme s'il ne savait pas comment continuer.

— Je ne vais pas pouvoir sortir avec toi ce soir ? suggéra Phoebe pour lui venir en aide.

— C'est exact, admit Cole, soulagé qu'elle le prenne aussi bien. C'est à cause de cette affaire criminelle.

Cole était l'assistant du procureur général. Cela avait d'abord été sa couverture, sa façon d'approcher les Charmed. Maintenant, cependant, c'était devenu un métier auquel il tenait, une manière pour lui de prendre un rôle actif dans le combat contre le Mal.

— Quelque chose de totalement imprévu vient juste de nous tomber dessus, continua-t-il. Je ne peux pas rentrer dans les détails, mais c'est une nouvelle information qui risque de faire exploser notre ligne de défense. Je ne peux pas partir maintenant. C'est pareil pour les autres membres de l'équipe. Personne ne bouge avant que tout cela soit tiré au clair. Je regrette sincèrement. Je sais que cela devait être notre petite soirée en tête à tête, mais…

— Cole, l'interrompit Phoebe d'une voix douce mais ferme. Je comprends très bien, ne t'en fais pas. Je sais que le travail doit parfois passer en priorité.

— Tu es la plus merveilleuse de toutes les femmes du monde, dit Cole, soulagé. Pourquoi n'appellerais-tu pas tes sœurs ?

— Parce que tu t'imagines que Paige sera libre ? demanda-t-elle en riant.

— Bien sûr que non, où avais-je la tête ! admit Cole. Et si…

Phoebe entendit une rumeur de voix à l'arrière.

— Je suis désolé, Phoebe, continua Cole. Mais le temps de la récré est terminé, il faut que j'y retourne. Je rentrerai à la maison dès que je le pourrai, d'accord ?

— D'accord. Je t'aime, Cole.

— Euh, oui… Merci. Je voulais dire que…

— Cole.

— Oui, Phoebe ?

— Dis simplement : Moi aussi, mais encore plus que ça.

— Moi aussi, mais encore plus que ça, répéta obligeamment Cole.

Un instant plus tard, l'un de ses rares rires résonna dans le téléphone.

— Est-ce que je viens juste de faire ce que je pense ? demanda-t-il.

— Absolument. Et ce qui est génial, c'est que toi et moi sommes les seuls à le savoir.

Ainsi, Cole était encore trop timide pour dire « je t'aime » devant ses collègues de bureau. Il devenait de plus en plus mortel, c'était certain.

— Je crois que je finirai par m'habituer à ces trucs de mortels, avoua-t-il dans un murmure, comme s'il avait deviné ses pensées.

— J'y compte bien ! À plus !

— À plus !

Puis ils mirent fin à la connexion en même temps.

Elle considéra un instant son portable.

Et voilà ! Elle venait de se faire poser un lapin par l'amour de sa vie dans le restaurant le plus romantique de la ville. Et que faisait-elle ?

Elle souriait à son téléphone. Une vraie folle !

Puis elle éclata de rire en composant le numéro de la maison.

CHAPITRE 2

Alors ça c'est pour le moins... très bizarre !

Phoebe éteignit son portable et le glissa de nouveau dans son sac à main. Une petite ride se creusa entre ses sourcils. Elle ne souriait plus. Son intuition concernant les situations-pas-tout-à-fait-normales se remit à fonctionner après son coup de fil. Il se passait certainement quelque chose à la maison. Mais elle n'en avait pas reçu confirmation de Paige ou de Piper.

Elle avait invité ses sœurs à venir la rejoindre au restaurant et toutes deux avaient décliné son offre…

Paige avait été la première à le faire et Phoebe en avait été tellement surprise qu'elle en était restée bouche bée. Paige Matthews refuser une invitation à sortir en ville ? C'était du jamais vu !

Quand Phoebe lui avait répondu la première chose qui lui était venue à l'esprit, du style « Paige, tu es sûre que tu te sens bien ? », sa sœur s'était simplement contentée d'éclater de rire en déclarant que même les fêtardes les plus assidues avaient de temps à autre besoin de rester à la maison pour recharger les accus. Et puis, quel était l'intérêt de passer la soirée dans le restaurant romantique le plus branché de la ville avec sa sœur ?

Je ne peux pas lui donner tort, pensa Phoebe en jetant un coup d'œil au miroir derrière le bar. Elle laissa son regard errer sur la salle et dut admettre que, mis à part le type perché sur un autre tabouret sur sa droite, elle était la seule personne non accompagnée du restaurant.

Après que Paige avait décliné son invitation, Phoebe avait bien sûr fait la même offre à Piper. Elle était même allée jusqu'au sacrifice suprême en offrant sa réservation pour deux à Léo et Piper. Mais à sa plus grande surprise, Piper avait également refusé. Elle prenait effectivement une de ses rares soirées de libre au *P3*, mais comme Léo devait remplir une mission de dernière minute pour le Conseil des Sages, ils avaient dû renoncer à une sortie en amoureux.

Pour ne pas abandonner Paige à sa solitude, Piper avait même organisé une soirée vidéo entre filles. Au moment du coup de fil, elle se trouvait dans la cuisine, en train de mélanger les ingrédients d'une recette inédite de pop-corn.

Et moi, ça leur est complètement égal de m'abandonner... pensa tristement Phoebe. Elle savait que sa sœur ne l'avait pas fait exprès, mais en les entendant parler de la bonne soirée qu'elles allaient passer toutes les deux, Phoebe se sentit un peu laissée de côté.

Elle saisit son verre d'eau minérale. L'ironie de la situation la fit sourire. Elle avait parfaitement accepté le fait que Cole soit retenu au bureau. Mais que ses sœurs s'amusent sans elle la chiffonnait terriblement.

— Je comprends, dit une voix à ses côtés.

Phoebe se retourna brusquement et une giclée d'eau minérale vola en direction de la manche du type assis à côté d'elle. Phoebe poussa un petit cri, l'homme se retourna juste à temps et l'eau éclaboussa le comptoir.

— Je t'assure, je te crois, dit-il.

Il lui faisait face. Phoebe comprit que lui aussi parlait dans son portable.

— Ce sont des choses qui arrivent souvent, continua-t-il. Je sais que tu ne pouvais pas le prévoir. Je te rappellerai demain. Comment ?

La voix de plus en plus tendue, il faisait un effort pour se montrer patient et compréhensif. *Aïe, aïe !* pensa Phoebe. Elle connaissait ce ton qui indiquait assez clairement ce qui se passait à l'autre bout du fil.

— Tu ne seras pas en ville. Je vois... continua le type en signalant de sa main libre la petite flaque d'eau au barman. C'est ça... tu ne t'en souvenais plus, mais cela te revient juste à l'instant. Non, non, je comprends très bien. Bon voyage. Je te rappellerai quand tu seras de retour.

Ou pas, pensa Phoebe. *C'est une rupture ou je ne m'y connais pas !*

Le barman arriva et épongea l'eau avec un torchon blanc immaculé. Phoebe profita de sa venue pour changer de position et se détourna du type au téléphone. Elle n'avait pas écouté intentionnellement cette conversation pour le moins délicate et désirait lui laisser un peu plus d'intimité.

— Une autre boisson, madame ? demanda le barman.

— Mademoiselle, le corrigea-t-elle. Je vous remercie, mais…

— Excusez-moi, l'interrompit l'homme à côté d'elle qui venait de ranger son téléphone. Je serais ravi de vous offrir un verre, si vous le permettez, pour me faire pardonner. Je pense que c'est ma faute si vous avez renversé votre verre. Je ne voulais pas vous effrayer. C'était ce coup de fil. Il… Je…

Phoebe se retourna pour se retrouver face aux plus beaux yeux verts de la terre. Ils exprimaient un doux mélange de regrets, de tristesse et d'espoir.

Des yeux de poète, songea Phoebe.

Malgré l'éclairage tamisé du restaurant, elle distingua son visage ouvert et sincère, peut-être même parsemé de quelques taches de rousseur et encadré de cheveux châtains qui descendaient jusqu'au col de sa chemise. Il était vraiment craquant. *Cette femme devrait se faire examiner par un psychiatre !* pensa Phoebe.

— Oh, ce n'est rien, répondit Phoebe d'une voix chaleureuse. J'étais un peu perdue dans mes pensées. J'avais oublié qu'il y avait des gens autour de moi. Ce n'était que de l'eau minérale, vous savez.

Le type sourit comme si elle venait de lui offrir un magnifique cadeau d'anniversaire.

— Le mien aussi, répondit-il en levant le verre tandis que le barman s'éloignait. Ce n'est pas que je n'apprécie pas un bon verre de vin…

Venant d'un autre homme, la remarque aurait pu

sembler prétentieuse, mais venant de lui, c'était naturel, comme s'il partageait une confidence.

— Cela me semblait un peu indélicat de boire avant l'arrivée de mon invitée…

Il rougit aussitôt.

— Vous aussi, n'est-ce pas ? demanda Phoebe avant même de prendre conscience de ce qu'elle disait.

Il la contempla comme s'il la voyait pour la première fois.

— Vous plaisantez… dit-il simplement après un instant.

— Ce n'est pas le genre de chose dont une femme plaisante. L'homme avec qui je devais dîner doit travailler tard, ce soir. Et vous ?

Il laissa échapper un petit rire désabusé.

— Oh… elle est restée chez elle pour faire ses valises. Un voyage urgent dont elle vient juste de se souvenir…

Phoebe esquissa une grimace. Une excuse vraiment pathétique. Tellement pathétique qu'il était difficile de ne pas comprendre le message…

— Aïe !

Il sourit.

— Vous avez tout compris !

Puis il hésita, comme s'il se livrait à un débat interne.

— Vous semblez plutôt bien accepter qu'on vous pose un lapin, dit-il enfin.

— C'est parce que ce n'est pas vraiment un lapin, commença Phoebe. C'est…

Horrifiée, elle se reprit à temps. Bon sang ! Qu'avait-elle failli lui dire ?

Son compagnon attendit que le barman ait fini de déposer deux verres emplis d'eau minérale glacée devant eux avant de répondre :

— En ce qui me concerne, il serait plus exact de dire que je me suis fait plaquer. Ne vous inquiétez pas. J'ai suffisamment d'expérience dans ce domaine pour savoir encaisser.

Sous ces paroles acerbes, Phoebe put déceler du chagrin.

— Je suis vraiment désolée.

— Non, c'est moi qui suis désolé. Je propose qu'on essuie l'ardoise et qu'on recommence. Permettez-moi de me présenter, dit-il. Nick Gerrard.

Elle serra la main qu'il lui tendait et ressentit un petit picotement délicieux. Quand elle était encore célibataire, elle considérait cela comme un signe plutôt encourageant. Maintenant, elle se contenta de l'ignorer.

— Phoebe Halliwell.

— Monsieur Gerrard, je vous prie…

Le maître d'hôtel venait d'apparaître en smoking impeccable derrière Nick. En voyant la main de Phoebe dans celle du jeune homme, il sourit avec une satisfaction évidente, persuadé une fois de plus que le restaurant opérait sa magie habituelle.

— Votre table est prête, annonça-t-il. Si cette charmante demoiselle et vous-même voulez bien me suivre ?

Il accompagna ses paroles d'un geste de la main et d'une légère courbette.

Phoebe arracha sa main de celle de Nick.

— Oh, mais…

— Oh, mais c'est parfait ! s'exclama soudain Nick avec un sourire ensorceleur. Dînez avec moi, Phoebe Halliwell. Ne réfléchissez pas, dites simplement oui.

Phoebe s'apprêtait à décliner, mais se ravisa.

Pourquoi n'accepterait-elle pas ? La chose la plus raisonnable serait bien sûr de dîner seule ou de rentrer à la maison pour la soirée vidéo avec ses sœurs. Mais rien que le fait d'envisager ces deux perspectives lui donnait le bourdon.

Et si pour une fois elle ne se montrait pas raisonnable ? Et si elle avait envie de dîner avec Nick Gerrard ?

Qu'ils se retrouvent tous deux solitaires ce soir était un pur concours de circonstances, rien de plus. Après ce dîner, Phoebe ne reverrait plus jamais Nick. Ils étaient deux étrangers se retrouvant ensemble par hasard. À la fin de la soirée, ils repartiraient chacun de leur côté.

— Oh, non… je peux voir sur votre visage ce qui va arriver : vous essayez de trouver une excuse pour me laisser tomber, mais vous avez déjà décidé de refuser. Ne le faites pas, je vous en supplie !

À la grande surprise de Phoebe, il glissa du tabouret du bar comme s'il s'apprêtait à tomber à genoux devant elle. Le maître d'hôtel tapa dans les mains avec ravissement.

— Nick Gerrard ! Je vous interdis… protesta Phoebe en éclatant de rire.

— Un seul mot pourra m'arrêter, déclara Nick, les yeux brillants de malice. Dites-le, Phoebe. Si vous ne le faites pas, ma soirée ne sera qu'un immense gâchis !

J'ai même réussi à trouver une place de parking juste à côté.

Phoebe rendit les armes. Ce type était vraiment hilarant. Cela faisait une éternité qu'elle n'avait pas autant ri.

— Assez ! dit-elle en levant les mains comme une caissière de banque durant un hold-up. J'accepte de dîner avec vous. Mais à une seule condition : qu'on partage l'addition.

— J'ai une meilleure idée, dit Nick en se redressant. Je vous invite et vous m'invitez. Ainsi, nous aurons tous les deux l'impression d'être gâtés.

— C'est entendu, répondit Phoebe en se laissant glisser du tabouret.

Puis, comme si elle ne pouvait résister au besoin d'avoir le dernier mot dans cette affaire, elle ajouta :

— Tiens, je me demande ce qu'il y a de plus cher au menu…

CHAPITRE 3

— Ah, non, attends une minute, dit Nick. J'ai oublié Janelle. Une parachutiste.

— Ne me dis pas, déclara Phoebe en prenant une gorgée d'expresso, qu'elle t'a plaqué via un message dans le ciel.

— Tu l'as vu, toi aussi, n'est-ce pas ? gémit Nick en enfouissant la tête dans ses mains. Je parie que la moitié de San Francisco l'a vu. Elle a fait écrire au pilote : « Sûrement pas, Nick ! » au-dessus du Golden Gate Park.

Phoebe déglutit rapidement. C'était la seule façon de ne pas s'étouffer. Bien qu'ils aient abordé toutes sortes de sujets, Nick avait passé une grande partie du dîner à lui énumérer les différentes manières dont les femmes l'avaient plaqué. Chaque histoire était plus extravagante que la précédente. Que Phoebe n'en ait pas cru le moindre mot n'avait fait aucune différence. Cela ne l'avait pas empêchée de rire jusqu'à en attraper un point de côté.

Et cela fait un bien fou, se dit-elle soudain. D'ailleurs, toute la soirée lui avait fait beaucoup de bien. Ce n'était pas seulement parce qu'elle n'avait jamais autant ri depuis la mort de Prue, mais ce dîner avec Nick lui rappelait le passé et ses sorties entre amis. Cela remontait bien sûr assez loin, avant d'apprendre qu'elle était l'une des Charmed.

Nick avait concentré son attention sur elle d'une manière très platonique, lui demandant si ce qu'elle avait commandé lui plaisait, la faisant rire avec ses histoires ridicules, l'encourageant à en raconter aussi. Il avait essayé de la connaître sans jamais être pesant, bien au contraire.

Après leur première poignée de main, il ne l'avait jamais retouchée. Pas une seule fois.

Il ne lui avait même pas posé la main dans le dos quand le maître d'hôtel les avait guidés à travers le restaurant jusqu'à leur table, ni même effleuré le bout des doigts quand elle lui avait passé le panier à pain ou la salière. Il lui avait montré qu'il acceptait les limites qu'elle lui avait imposées. Qu'il la respectait.

Je l'aime bien, pensa-t-elle. Dommage qu'il ne soit pas le genre de Paige.

— Je tiens à te remercier pour cette soirée, Phoebe, déclara-t-il d'un ton un peu solennel en brisant le silence qui s'était établi entre eux. J'espère que tu ne le prendras pas mal, mais c'était vraiment très… agréable.

— C'est exactement ce que je pensais. Moi aussi, j'ai passé une soirée formidable.

Elle leva sa tasse de café pour un toast :

— À cette soirée.

— À cette soirée ! dit Nick en faisant tinter la sienne.

Puis il but une gorgée de café avant de la reposer sur la soucoupe.

— Quel que soit ce type que tu devais retrouver, j'espère qu'il t'apprécie à ta juste valeur, commenta-t-il sans lever la tête.

— Crois-moi, il le fait, dit Phoebe en ressentant un étrange pincement au cœur.

Avait-elle vraiment passé toute la soirée sans parler une seule fois de Cole ?

Elle avait été ravie de simplement se détendre et écouter Nick raconter ses histoires. Oublier pour quelque temps sa propre vie. Curieusement, la question concernant l'homme qui aurait dû la rejoindre n'avait simplement pas été abordée. Peut-être était-ce là une autre raison pour laquelle Nick l'avait bombardée de ses histoires. Pour la distraire.

— Je pense sincèrement qu'il m'apprécie, ajouta-t-elle. Et pour ne rien te cacher, ce type, comme tu l'appelles, n'est pas n'importe qui. C'est mon fiancé.

Nick leva la tête.

— Ton fiancé ? répéta-t-il avec une expression étrange dans les yeux que Phoebe n'aurait su définir. Félicitations. J'espère que vous serez très heureux.

— Nous le serons, répondit-elle avec assurance.

— Comment s'appelle-t-il ?

— Son nom est Cole, dit une voix juste au-dessus d'elle.

— Cole ! s'exclama Phoebe en se retournant pour le voir.

À la fois surprise et ravie, elle n'avait pas prêté attention au ton de sa voix.

— Oh, mon chéri ! Tu as finalement pu venir !

— On dirait, n'est-ce pas ? dit-il doucement en plongeant ses yeux dans ceux de Phoebe. Mais peut-être n'aurais-je pas dû me donner cette peine.

Ouille ouille ouille !... pensa Phoebe. Maintenant qu'il était en pleine lumière, elle se rendait compte combien il était furieux. Bien que le démon Balthazar ait été anéanti en Cole, il restait toujours en lui un côté macho, un peu démodé. De toute évidence, il avait déjà tiré des conclusions sur la scène qui se déroulait devant lui.

Cole était jaloux. C'était aussi simple que ça. Une émotion on ne peut plus humaine.

En comprenant ce que Cole venait d'insinuer, Phoebe se redressa sur sa chaise comme si elle avait été piquée par une aiguille. C'était trop injuste ! Au premier coup d'œil, il avait imaginé le pire ! Comment osait-il douter d'elle ? S'il y avait une chose au monde que Cole aurait dû savoir, c'était que Phoebe ne le tromperait jamais.

Elle lui lança un regard glacial.

— Je crois que tu ferais mieux de t'expliquer sur cette dernière remarque.

Nick se leva soudain, décidé à mettre fin à ce malentendu.

— C'est super que vous ayez pu vous libérer ! dit-il en souriant à Cole. À propos, mon nom est Nick. Nick Gerrard. Quand Phoebe et moi avons incidemment découvert que nous serions seuls pour la soirée, nous avons décidé de mettre en commun nos ressources. Cela aurait été dommage de laisser filer ces réservations.

Il tendit la main par-dessus la table. Cole le regarda avec défi, puis enfonça les mains dans les poches de sa veste. Phoebe sentit sa colère et sa frustration grimper de quelques degrés. Cole se montrait terriblement grossier. Non ! Elle n'était pas une friandise que deux gamins allaient se disputer !

— Ah, vraiment ? demanda Cole d'un air pincé. Et à qui devons-nous cette brillante idée ?

Maintenant ça suffit ! pensa Phoebe. *Je commence à en avoir assez !*

Elle se leva, forçant Cole à reculer d'un pas. Mais il continuait à fulminer. L'ignorant, Phoebe fit signe au serveur qui commençait à s'inquiéter. Des ondes d'agressivité émanaient littéralement de Cole. Dans un aussi petit restaurant, le moindre changement d'atmosphère était immédiatement ressenti par les autres clients.

— Quelle différence est-ce que cela fait ? demanda-t-elle à Cole d'une voix glaciale. Apparemment, tu es déjà arrivé à tes propres conclusions sur ce qui s'est passé ici ce soir ! Peu importe qui a eu l'idée de dîner ensemble, n'est-ce pas ?

Les mâchoires de Cole se crispèrent.

— Je pense avoir le droit de savoir.

Phoebe lui adressa son sourire le plus ironique.

— Tout comme j'ai droit au bénéfice du doute, c'est bien ça ?

Le serveur se précipita vers leur table, serrant la note contre un petit plateau d'argent. Avant que Nick puisse la saisir, Phoebe se précipita dessus.

— Un instant, s'il vous plaît, dit-elle au serveur.

Elle ramassa son sac à main, en retira le portefeuille d'où elle prit sa carte de crédit.

— Que se passe-t-il ? cria Cole. Ne me dis pas que tu vas en plus payer le repas de ce type !

— Nick, je sais que nous étions d'accord pour partager cette note, dit Phoebe en se tournant vers lui.

Elle avait rarement eu l'occasion de se sentir aussi humiliée. Ce n'était pas parce que Cole s'était montré particulièrement grossier qu'elle devait en faire autant. Nick avait fait tout son possible pour calmer le jeu, même s'il n'y était pas parvenu. Comment l'en remercier ?

— Mais vu les circonstances, continua-t-elle, j'espère que tu me permettras de t'inviter.

— Phoebe… Je…

— … je t'en remercie, l'interrompit-elle.

Elle montra la carte de crédit et prit l'addition sur le petit plateau.

— Je signerai la carte au comptoir, si cela ne vous ennuie pas, dit-elle au serveur.

— Comme vous voudrez, mademoiselle, répondit celui-ci avec empressement avant de tourner les talons, espérant sans doute se débarrasser de ces clients avant l'esclandre.

Phoebe se tourna vers Nick et plongea son regard dans le sien.

— Je tiens à te remercier pour cette merveilleuse soirée, dit-elle. Cela faisait longtemps que je n'avais autant ri et je pense que ça me ferait du bien de rire plus souvent. J'espère…

Elle fit une pause. Derrière elle, Cole laissa échapper

un grommellement agressif. Cela ne l'empêcha pas de poursuivre :

— ... j'espère que cette soirée marquera la fin de tout ce qui pourrait ressembler, de près ou de loin, à une nouvelle série de messages inscrits dans le ciel.

À son grand soulagement, Nick sourit.

— Alors nous serons deux, dit-il doucement. Ton fiancé a beaucoup de chance, continua-t-il en jetant un regard agacé vers Cole.

Dans ses yeux, Phoebe put reconnaître une colère contenue et elle lui sut gré de ne pas avoir donné libre cours à sa fureur. La situation était déjà très pénible, mais elle aurait été bien pire si Nick s'était emporté comme l'avait fait Cole.

— J'espère qu'il en est conscient, continua Nick, et qu'il possède assez de bon sens pour apprécier ce qu'il a. Cela fut un vrai plaisir de te rencontrer, Phoebe. Bonne nuit.

Sans un autre mot, il fit un large détour autour de Cole et sortit du restaurant.

— Eh bien ! dit Phoebe en se tournant vers Cole quand elle fut certaine que Nick était parti. J'espère que tu es fier de toi.

Elle passa devant Cole et se dirigea vers la sortie.

— Qu'est-ce que cela signifie ? s'irrita Cole en lui emboîtant le pas. Une minute... laisse-moi deviner. Est-ce encore un de ces trucs de filles pour me faire penser que j'avais tort ?

Phoebe signa le reçu et rangea la carte bleue dans son sac avant de répondre.

— En effet, tu avais parfaitement tort.

Elle poussa la porte du restaurant et s'arrêta un

instant sur le seuil. Le brouillard était revenu et roulait en grosses volutes, avalant les rues dans une immense boule de coton mouillé.

— Alors j'aimerais comprendre, dit Cole en sortant à son tour. Je me mets en quatre pour venir te rejoindre malgré tout et quand j'arrive, je te trouve en train de dîner avec un autre type. Et quand je me montre un peu irrité, ce qui est tout à fait *compréhensible*, c'est moi qui ai tort ? Ah, non ! Je ne suis pas d'accord ! En fait, je crois avoir droit à une explication.

— Nick te l'a déjà donnée mais je crois me souvenir que tu n'y as pas vraiment prêté attention.

Malgré ses efforts, Phoebe pouvait sentir la colère bouillir en elle. Elle avait même essayé de se mettre à la place de Cole, imaginant ce qu'elle aurait ressenti en le découvrant en train de dîner avec une autre femme. Mais ce refus d'écouter, cette mauvaise foi, la mettaient hors d'elle.

— C'était censé être notre soirée à nous, Phoebe, gronda Cole. Ce n'est pas ma faute si j'ai été retenu. Je parie que tu n'as même pas appelé tes sœurs. Je me trompe ? Tu as juste saisi la première occasion qui s'offrait à toi.

Phoebe s'arrêta au milieu du trottoir. Elle n'avait plus froid et remarquait à peine la présence du brouillard. Une colère froide la submergeait. Lentement, elle se tourna vers Cole.

— Comment peux-tu me dire une chose pareille ? demanda-t-elle d'une voix basse et tendue. Comment peux-tu seulement le *penser* ? Je te signale que j'ai téléphoné à mes sœurs. Elles étaient toutes les deux à la maison, bien décidées à ne pas en bouger.

Cole laissa échapper un ricanement incrédule.

— Tu veux que je croie que Paige voulait rester à la maison ? Cela ne lui arrive jamais. Tu le dis toi-même.

— C'est vrai, admit Phoebe. Mais tu sais quoi ? Je me trompais. Tu sais ce que ça veut dire, *se tromper*, Cole ? Tu devrais, parce que c'est ce qui est en train de t'arriver. Tu te trompes depuis que tu m'as vue à la table de Nick et que tu t'es imaginé je ne sais quoi. Et je te signale, en passant, que j'exige que tu me croies sur parole. Tout comme j'exige une chose que tu sembles avoir complètement oublié.

— Quoi ?

— La confiance. Je croyais mériter la tienne.

— Ce n'est pas une question de confiance, protesta-t-il. C'est…

— Oh, que si, Cole ! Et si tu ne peux pas le reconnaître, alors tu n'es peut-être pas l'homme que je croyais.

Un horrible silence s'imposa entre Cole et Phoebe qui se tenaient face à face dans l'air humide de la nuit.

— Lâche-moi un peu, veux-tu ! répondit Cole, sur la défensive comme un adolescent. Cela ne fait pas longtemps que je suis un mortel et tu le sais.

— Je le sais et j'essaie d'en tenir compte. Mais honnêtement, je ne pense pas que tu puisses te servir de cela comme excuse, Cole. Tu me fais confiance ou tu ne me fais pas confiance, c'est aussi simple que ça. En ce qui me concerne, cette discussion est terminée. Je rentre à la maison, maintenant.

Sans un autre mot, Phoebe tourna les talons et se dirigea vers le 4 × 4, laissant Cole planté au beau milieu du trottoir, bouche bée.

CHAPITRE 4

Malgré l'épaisseur du brouillard, les lumières brillantes du manoir Halliwell accueillirent Phoebe à son arrivée. *Quel bonheur de rentrer chez soi !* pensa-t-elle. Elle coupa le moteur, puis resta assise quelques instants, le front appuyé sur le volant. Tout à coup, elle se sentait terriblement lasse.

Durant tout le trajet de retour du restaurant, elle s'était appliquée à ne penser à rien, se concentrant seulement sur la conduite. D'abord à cause du brouillard qui rendait la route dangereuse, mais aussi pour s'empêcher de hurler de frustration ou pleurer de désespoir. À un moment ou à un autre, elle allait sans doute faire les deux.

Je ferais mieux de vérifier la tête que j'ai, pensa-t-elle en baissant la visière pour jeter un coup d'œil au miroir à la lumière blafarde du plafonnier. Mieux valait ne pas débarquer à la maison avec des traits défaits, sinon ses sœurs allaient la bombarder de questions. Elle savait qu'elle serait heureuse d'accepter leur soutien, mais elle savait aussi qu'elle n'aurait pas le courage de leur donner des explications. Pas encore. Pas ce soir.

Surtout qu'elle-même avait déjà son lot de questions sans réponses.

En l'occurrence, si Cole ne lui faisait pas confiance, où en était leur couple ?

Ne pense pas à ça maintenant, se sermonna Phoebe en relevant le miroir. *Pense plutôt à des choses positives*. Ainsi, elle pourrait peut-être atteindre sa chambre avant de…

Avant de faire quoi ? Elle n'en savait rien.

Elle sortit de la voiture et se dirigea rapidement vers la porte d'entrée. Cole et elle avaient déjà franchi tant d'obstacles, surmonté tant de difficultés, qu'ils finiraient bien par se sortir de ce mauvais pas, sans tomber dans les travers réservés aux couples de mortels. Mais le manque de confiance de Cole lui causait tout de même un immense chagrin.

Phoebe glissa sa clé dans la serrure, ouvrit la porte d'entrée et pénétra dans le hall du manoir Halliwell.

— Nicolas, Pimprenelle… Nounours est déjà passé ? cria-t-elle.

Silence.

Ça, c'est bizarre, pensa-t-elle. L'instant d'après, elle aurait pu jurer entendre des chuchotements provenant du salon, vite étouffés par le son de la télévision qui s'était mise à brailler.

— Je déteste quand elle ne se souvient même pas de nos prénoms, pas toi ? se plaignit Paige.

Toujours déconcertée, Phoebe se dirigea vers le salon. Paige était installée sur le canapé en maxi

T-shirt proclamant « J'adore San Francisco ! ». Ce n'était pas du tout son style, mais depuis qu'un de ses jeunes protégés le lui avait offert, elle ne manquait pas une occasion de l'enfiler. Un énorme bol de pop-corn, tellement plein qu'il avait débordé, était posé sur le canapé entre Piper et elle.

Piper portait son pyjama préféré en pilou, couvert d'ustensiles de cuisine imprimés dans tous les sens et depuis longtemps délavés. Les yeux rivés sur l'écran de télévision, elle tapota le genou de sa sœur cadette pour la consoler avant d'enfourner une poignée de pop-corn.

— N'en fais pas une affaire personnelle, lui recommanda-t-elle, la bouche pleine.

— Elle pourrait nous appeler autrement tout de même, ça fait un peu ringard, non ? fit remarquer Paige. Et toi, ne touche pas à *mes* pop-corn, s'il te plaît !

— Je mange seulement ceux qui sont gravés à mon nom, protesta Piper en se servant une autre poignée.

Durant leur échange, aucune des deux sœurs ne s'était donné la peine de jeter un regard en direction de Phoebe.

Et moi qui craignais qu'elles ne remarquent ma mine déconfite, pensa Phoebe.

D'une certaine manière, elle était ravie de leur… indifférence. Cela lui permettrait de foncer vers sa chambre avant que Paige ou Piper ne se rende compte que quelque chose n'allait pas. Mais le fait que ses sœurs ne lui accordent pas la moindre attention venait de lui saper un peu plus le moral qui était pourtant déjà au plus bas. Décidément, ce n'était pas son jour !

Elles auraient au moins pu me demander comment s'était déroulée ma soirée !

— Alors, Phoebe ! dit Piper, les yeux toujours scotchés sur l'écran. Comment était ta... Oh ! Génial ! C'est le passage que je préfère !

— Mais c'est tellement triste ! pleurnicha Paige.

Au grand étonnement de Phoebe, les yeux de Paige s'emplirent de larmes et elle posa la tête sur l'épaule de Piper.

— Mais c'est normal, andouille ! répondit Piper pour la consoler, alors que ses yeux s'embuaient également. Tu ne peux pas avoir une fin heureuse si tu ne traverses pas des moments tristes, voyons !

— Je compte sur toi pour trouver la morale de l'histoire, sanglota Paige.

Mon Dieu ! pensa Phoebe. *Mais qu'est-ce qu'ils ont tous ce soir ?* Cole se comportait comme un mari jaloux alors que Phoebe et lui n'étaient même pas encore mariés. Paige et Piper avaient une attitude pour le moins bizarre. Léo, quant à lui, était un garçon adorable et Phoebe l'appréciait beaucoup, mais vu la manière dingue dont tout le monde se comportait ce soir, ce n'était pas plus mal qu'il ne soit pas dans les parages.

— Je vais me coucher, annonça Phoebe.

Je parie qu'elles ne vont même pas s'en rendre compte !

— Fais de beaux rêves, ma jolie ! beugla Piper.

— À dem... demain matin, sanglota Paige.

Phoebe réussit à avancer jusqu'au pied de l'escalier avant de jeter les armes.

— Mais qu'est-ce que vous regardez, les filles ?

Paige souleva la tête de l'épaule de Piper.

— *Les Aventuriers de l'Arche perdue.*

Cole roulait dans la nuit. Pour des raisons qui lui paraissaient évidentes, il choisit d'emprunter l'autoroute, se fichant éperdument de la direction qu'il prenait. Sa voiture était puissante et il avait rarement la possibilité de pousser un peu son moteur, même quand la circulation était clairsemée. Mais plus il conduisait vite, plus la vérité lui sautait aux yeux.

Il s'était comporté comme un imbécile.

Phoebe avait été assez claire quand elle lui avait déclaré qu'il se comportait comme un crétin jaloux. Même si cela lui semblait difficile à avaler, Cole devait admettre qu'il avait eu tort. Ce qui voulait malheureusement dire que Phoebe avait parfaitement raison…

Cole prit automatiquement la direction de Sausalito. Pour une raison difficile à déterminer, il se sentait toujours mieux quand il prenait le pont du Golden Gate. C'était sans doute la façon dont les grandes arches du pont suspendu se dressaient au-dessus de lui, tandis que la terre s'éloignait par en dessous.

En appuyant sur le champignon, Cole se demanda combien de temps il allait encore devoir conduire avant de décider de la meilleure manière d'aborder l'étape suivante, épreuve destinée à tous les hommes mortels :

Faire des excuses à l'élue de son cœur.

Phoebe s'était blottie dans son lit, résistant difficilement à l'envie de tirer les couvertures au-dessus de sa tête, attitude qu'elle réservait généralement à ses moments de profond désespoir.

Oui, elle était furieuse, mais pas à ce point, tout de même… N'est-ce pas ?

Elle se redressa, donna un coup de poing rageur à ses oreillers, puis les aligna derrière elle pour s'y adosser. Avant de complètement s'abandonner à son cafard, elle devait faire un dernier effort pour se reprendre. Si elle échouait, il serait encore temps de tirer les couvertures par-dessus la tête, avec l'assurance d'avoir fait de son mieux pour résister à la dépression.

Phoebe remonta les genoux et les enlaça. *Bon, ma vieille ! Tu devrais arriver à mettre les choses au clair*, se morigéna-t-elle. Entre faire face au décès de Prue et prendre une décision au sujet de Cole, elle était parvenue à se connaître assez bien, dernièrement.

Bon ! Commençons par Cole, se dit-elle.

La mauvaise humeur qu'elle ressentait était en grande partie liée à l'attitude agressive et injuste de Cole, mais une certaine dose de chagrin et de déception n'était pas étrangère au comportement de Paige et de Piper.

Quelque chose dans l'attitude de ses sœurs clochait.

Il ne manquait plus que ce soit moi, la jalouse !

Et la jalousie était exactement ce qu'elle ressentait devant le comportement de ses sœurs : elles lui donnaient l'impression d'être sans importance, exclue.

Pourtant elle désirait sincèrement que Piper et Paige s'entendent mieux. Toutes les deux très différentes, elles avaient eu un mal fou à s'ajuster à la promiscuité familiale. Qu'elles se rapprochent enfin était une bonne chose, mais de là à ce qu'elles mettent Phoebe sur la touche…

Paige s'était comportée de manière tellement bizarre. Il devait bien exister une raison à cela. Il y avait quelque chose que ses sœurs ne voulaient pas qu'elle sache.

Mais de quoi s'agissait-il ?

La réponse vint la frapper en plein visage comme un coup de poing. Il suffisait de se poser la question pour que la réponse jaillisse comme une évidence. Il n'y avait qu'un seul sujet que ses sœurs n'oseraient pas aborder avec elle : sa relation avec Cole. Et plus particulièrement leur mariage à venir.

Et si ses sœurs avaient finalement décidé que Cole ne lui convenait pas ? Et s'il y avait des choses concernant son fiancé qu'elle n'avait pas remarquées ? Ce soir, par exemple, quand il s'était soudain comporté comme un homme des cavernes devant elle… Rien n'était plus déconcertant et d'autres surprises de ce genre l'attendaient peut-être ! Et si ses sœurs évitaient de croiser son regard pour qu'elle ne puisse pas lire le doute en elles ?

Phoebe se laissa aller contre la tête de lit et remonta la couverture jusqu'au menton. Piper s'était montrée étonnamment encourageante au sujet de sa relation avec Cole, malgré son passé peu recommandable. Un passé qui les avait toutes menacées et qui avait quelque peu refroidi l'enthousiasme de Paige. Et si Paige avait pu convaincre Piper ? Et si elle tentait de convaincre Phoebe également ? Les mains agrippées au drap, elle se pinça les lèvres. *Mais moi, je n'ai pas changé d'avis. Pas vrai ?*

Ne sois pas ridicule, se gourmanda Phoebe en faisant un effort pour se détendre. Bien sûr qu'elle n'était pas revenue sur son intention d'épouser Cole.

Ce soir n'avait, il est vrai, pas arrangé les choses. Phoebe se sentait encore terriblement peinée que Cole l'ait ainsi soupçonnée de trahison sans même lui laisser le bénéfice du doute. À sa décharge, il apprenait encore à devenir humain. Il subissait aujourd'hui des épreuves que Phoebe avait surmontées depuis longtemps, quand elle était encore jeune. Tous deux avaient déjà enduré tant de difficultés, vaincu tant de problèmes que Phoebe ne pouvait pas croire qu'ils ne réussiraient pas une fois de plus.

Mais cela ne lui disait pas ce que Piper et Paige lui cachaient.

Phoebe laissa échapper un long gémissement. *Bon. Tout cela ne me mènera nulle part*, se dit-elle. Elle ne pourrait plus rien résoudre ce soir et ressasser ses pensées allait la rendre folle. Mieux valait reprendre tout cela le lendemain, à froid.

Il ne lui restait donc plus qu'une seule chose à faire.

Se laissant glisser au fond du lit, elle posa la tête sur l'oreiller et disparut sous la couverture.

CHAPITRE 5

— Tu penses qu'elle se doute de quelque chose ? demanda Piper.

Elle s'était rendue au pied de l'escalier pour s'assurer que Phoebe était vraiment allée se coucher. Elle revint vers le canapé en traînant les pieds dans de vieilles pantoufles élimées.

— Pourquoi se douterait-elle de quelque chose ? railla Paige d'un ton sarcastique en levant les yeux au ciel. Est-ce qu'on ne se comporte pas toujours comme ça ?

En se laissant tomber sur le canapé, Piper faillit renverser les pop-corn sur les genoux de Paige.

— La prochaine fois, tu n'as qu'à écouter ta grande sœur, la gronda Piper. Je voulais ranger les brochures, mais non… il a fallu que tu continues à les feuilleter ! J'ai donc dû improviser pour les cacher au plus vite et tenir Phoebe éloignée de nous.

Paige fit une grimace en considérant le saladier plein de pop-corn.

— À propos des brochures, je me demande si nous ne ferions pas mieux de les sortir de là avant qu'elles ne soient complètement saturées de cette espèce de saleté de recette magique.

— Vas-y !

— C'est bien ce que je craignais. C'est encore moi qui m'y colle !

D'un air dégoûté, elle plongea la main jusqu'au fond du bol et en ressortit une poignée de prospectus brillants tout en éparpillant les pop-corn autour d'elles.

— Paige ! Tu en mets partout ! Pose au moins le saladier par terre.

Paige ignora les remarques de sa sœur.

— Berk ! s'écria-t-elle en tendant les brochures tachées de gras devant elle. C'est dégoûtant ! On ne va plus pouvoir s'en servir. Je refuse de les toucher tellement elles sont repoussantes avec tout ce truc dessus.

Cette fois, ce fut Piper qui leva les yeux au ciel. Elle commença à ramasser les pop-corn éparpillés pour les remettre dans le saladier. Elle ne savait pas ce qui la rendait le plus dingue : ces pop-corn étalés dans tout le salon ou le fait d'avoir ainsi gâché sa recette secrète.

— Je te rappelle que tu as mangé de ce *truc*, comme tu dis si gentiment, pendant toute la soirée !

— Sur les pop-corn, ce n'est pas trop mal, dit Paige en se levant pour se diriger vers la cuisine. Mais sur les brochures, c'est pas terrible-terrible ! Elles sont bonnes pour la poubelle.

— Ce n'est pas très discret, fit remarquer Piper en finissant de nettoyer avant de suivre Paige à la cuisine avec le saladier.

— Ne t'inquiète pas ! déclara Paige avec assurance.

Avant que Piper comprenne où sa sœur voulait en venir, celle-ci arracha une page après l'autre des brochures et les roula en boulettes bien serrées avant de les jeter dans la poubelle, parmi les autres détritus.

— Et voilà le travail ! Ni vu, ni connu !

— Très efficace ! admit Piper en se lavant les mains à l'évier. C'est bien joli, tout ça, mais je me demande comment nous allons continuer nos recherches maintenant que tu as démoli toutes ces brochures que nous avons eu tant de mal à rassembler.

— Nous pourrions faire notre petite enquête directement sur le terrain, suggéra Paige, pleine d'espoir.

— Nous en avons déjà parlé, Paige ! Tu sais que c'est totalement impensable.

— Bon, bon... tu as sans doute raison, répondit Paige en faisant la moue. Mais... ce serait vraiment très drôle, ajouta-t-elle avec un grand sourire.

— Je n'en doute pas une seconde, mais c'est hors de question et tu le sais très bien ! Si on sait combattre les démons, on devrait pouvoir s'occuper de ça aussi, pas vrai ?

— La solution tient en un seul mot, déclara Paige d'un air triomphant : Internet !

— Tu es sûr que la sorcière ne se doute de rien ?

Dans l'immeuble cossu à la vue imprenable sur l'océan, l'homme était installé dans un fauteuil confortable. Le dos tourné à la fenêtre, il fixait le tapis d'un air pensif. Toutes les lampes de la pièce étaient allumées.

Il savait que c'était ainsi que son visiteur nocturne était le plus à l'aise.

Dans le contraste.

Tout était là. Un grand étalage de contraires, d'opposés. La créature qui venait lui rendre visite était une grande masse imposante dont la silhouette rappelait vaguement celle d'un homme. Lentement, inexorablement, la créature avalait la lumière qui l'entourait. Si le visiteur avait pu n'en faire qu'à sa tête, il aurait dévoré d'un seul coup jusqu'à la moindre petite lumière de l'univers. Même celle des étoiles pas encore nées. Il aurait re-créé l'univers, mais à *son* image, cette fois.

D'ailleurs, il œuvrait déjà dans ce sens.

C'était là le pouvoir qu'il servait, le pouvoir auquel il était lié pour l'éternité. Celui qui avait donné à ce simple mortel la possibilité de se métamorphoser en un instrument de vengeance, une vengeance dont il ne pourrait jamais assez se repaître. Le pouvoir qui lui avait permis de vivre pour toujours, à condition qu'il remplisse les termes de leur contrat.

C'était le Pouvoir des Ténèbres.

Nick Gerrard prit une gorgée de cabernet avant de répondre. Le vin rouge était la seule touche de couleur dans tout l'appartement. Tout le reste était noir ou blanc. Lumière ou obscurité.

— J'espère que vous ne suggérez pas que j'aie pu perdre mon talent, fit-il remarquer.

Le Pouvoir des Ténèbres éclata de rire. Même après toutes ces années, c'était un son déconcertant, incommodant, pensa Nick. Cela lui rappelait le contact des ongles, crissant contre une vitre dans la nuit noire.

— Non, non, lui dit son maître. Bien sûr que non !

Mais la sorcière pourrait être plus… perceptive, étant donné son profil.

— En effet, répondit Nick en reposant le verre. Mais ce n'est pas le cas. Elle ne s'est doutée de rien. Balthazar non plus, d'ailleurs.

— Ta, ta, ta… protesta le visiteur de Nick.

La remontrance était légère, presque bon enfant, mais Nick pouvait entendre des soupçons de rage dans la voix ténébreuse.

— Il n'est plus Balthazar, précisa le visiteur. Pas après ce que cette sorcière et ses sœurs lui ont infligé, après ce qu'il leur a permis de lui faire.

Nick inclina la tête, acceptant la correction. Après tout, ce n'était que pure vérité.

— Le mortel, Cole Turner, n'a rien soupçonné, reprit-il. Il était trop occupé par sa propre jalousie pour me prêter attention.

Exactement comme je l'avais prévu.

Il y eut une pause, pendant laquelle la lumière de l'appartement devint sensiblement plus faible.

Je pensais bien que cette nouvelle lui ferait plaisir, songea Nick.

— Soit, dit enfin le Pouvoir des Ténèbres. Vous aviez raison. Ses sentiments pour la sorcière vont finir par le trahir, tout comme il nous a trahis.

— C'est ce qui était prévu, dit Nick Gerrard en prenant une seconde gorgée de vin.

— Je sais fort bien ce qui était prévu, s'irrita le Pouvoir des Ténèbres. Souvenez-vous que j'ai approuvé ce projet. Mais je sais aussi combien il est facile d'échouer. Jusqu'à maintenant, tous les autres projets ont failli.

Nick posa avec précaution son verre. *Je ferais bien de choisir mes mots avec la même précaution*, songea-t-il. Il savait que son maître tenait à lui. Pour l'instant, du moins. Mais l'échec était un moyen infaillible de passer à la trappe. Ceux qui avaient tenté de faire tomber celui qui fut jadis Balthazar en avaient fait la pénible expérience. Au prix de leur vie.

— Puis-je me montrer direct ? demanda Nick, décidé à aller droit au but.

— Mais je vous en prie, dit le Pouvoir des Ténèbres sur un ton devenu plus magnanime. Il est tellement difficile de trouver quelqu'un qui veuille bien me dire la vérité. Je ne comprends pas pourquoi, d'ailleurs.

— Les stratégies que vous avez utilisées jusqu'à maintenant manquaient de subtilité, de finesse, osa Nick. Cole, notre ancien Balthazar, est malgré tout encore très fort et il s'attend à une approche directe. C'est évident. D'où la stratégie indirecte que je propose.

— La sorcière ?

— La sorcière, en effet. Mais ce n'est pas tout. La beauté de cette approche repose sur le fait que les sentiments de Cole, ses choix, vont se retourner contre lui. Il voulait être humain. Cela veut dire qu'il devra aussi se soumettre aux faiblesses humaines. Ce sont elles qui vont le détruire.

— Si vous le dites !

— Je ne me contente pas de le dire, répondit Nick d'une voix rauque en se penchant en avant sur son fauteuil. Je le *sais*. Je suis un expert quand il s'agit des sentiments qu'un mortel ressent quand il est trahi.

Vous ne l'avez sûrement pas oublié. Après tout, c'est à cause de cela que je suis à votre service.

— Je ne l'ai pas oublié, dit le Pouvoir des Ténèbres.

Nick se laissa aller contre le dossier, s'efforçant de rester calme.

Moi non plus, pensa-t-il. *Moi non plus*. Il n'oublierait jamais la succession d'événements qui l'avaient entraîné dans la situation actuelle, et cela pour l'éternité. Mais il était rare que Nick laisse ainsi resurgir ces souvenirs qu'il gardait enfermés au plus profond de son cœur.

— Alors croyez-moi quand je dis la chose suivante : si Cole Turner est bien le type que je pense qu'il est, il va vouloir se venger, tout comme moi je l'ai voulu. Cela veut dire que je sais jusqu'où il est prêt à aller.

Les lumières de l'appartement baissèrent encore.

— Nous verrons, dit le Pouvoir des Ténèbres après un moment de silence. Faites-moi plaisir, comme d'habitude. Apportez-moi le traître et je serai encore plus satisfait. Je pourrais même être assez satisfait pour vous laisser l'honneur de le détruire de vos propres mains.

— Il se détruira lui-même. C'est là mon plan, promit Nick tandis que l'image de Cole Turner passait dans son esprit.

Quel genre d'individu pouvait renoncer au pouvoir incroyable que possède un démon ? Quel être sensé ferait le choix qu'avait fait Cole, accepterait ce marché de dupes ?

Le pouvoir de la peur contre le pouvoir de l'amour ?

Seul un fou en était capable, pensa Nick. Un fou

qui méritait une leçon. Une leçon qu'il serait ravi de lui donner. Il sourit.

— Mais je serais ravi qu'on me réserve une place au premier rang.

— Vous pouvez y compter, répondit le Pouvoir des Ténèbres.

Puis il plongea l'appartement dans l'obscurité totale.

Quelques heures plus tard, juste avant l'aube, Nick Gerrard se réveilla.

Son cœur battait d'un rythme irrégulier qui ne pouvait être dû qu'à une seule chose : la peur.

C'est toujours la même chose, pensa-t-il.

Il pouvait prendre toutes les formes humaines, tous les visages qu'il voulait. Mais il y avait une chose qu'il ne pouvait pas changer, pas contrôler. Depuis qu'il était entré au service du Pouvoir des Ténèbres, il ne pouvait plus dormir une nuit complète.

Pas une seule fois.

Chaque fois, à l'instant qui précédait le lever de la lumière, quand la Terre elle-même semblait retenir son souffle en se demandant si elle réussirait sa transition entre la nuit et le jour, Nick se réveillait. Et chaque fois il faisait la même chose, aussi douloureuse fût-elle.

Il se leva et se dirigea à tâtons vers la salle de bains dont il alluma la lumière. *Je préférais l'époque des chandelles*, pensa-t-il. Les chandelles diffusaient une lumière plus douce, moins révélatrice. *Comme si cela faisait une différence !* Le visage violemment éclairé par l'ampoule électrique, Nick se regardait dans le miroir, s'efforçant de fixer son propre regard pendant que le visage dans la glace commençait à changer.

Lentement, inexorablement, les contours se mirent à devenir troubles. Autour de ses yeux, ses traits commencèrent subtilement à se replier sur eux-mêmes, jusqu'à disparaître. Et rien de l'homme qui se faisait appeler Nick Gerrard ne resta. Il était une tabula rasa. Une ardoise vierge. Une paire d'yeux sans chair.

Pour l'instant, tout va bien, pensa-t-il.

Au début, ces transformations le mettaient mal à l'aise. Il n'y était pas préparé. Curieusement, le Pouvoir des Ténèbres ne l'avait pas prévenu qu'il aurait à subir ce petit rituel chaque nuit. Mais si cette transition était désagréable, Nick savait que la suite serait encore plus pénible.

Il garda les yeux fixés sur le miroir et, une fois de plus, son visage commença à se transformer.

Maintenant, sa peau se mit à se rider et à se boursoufler. La surface du visage de Nick, si douce et régulière un instant plus tôt, se couvrit d'épaisses pustules rouges. La bouche se déforma en un sourire abject et les paupières devinrent noires et tombantes. Lentement, la transformation continua jusqu'à ce que le visage dans le miroir ne soit plus celui d'un homme, mais celui d'une chose inconcevable, horrible. Une forme tellement indescriptible que même la nature ne pouvait la qualifier d'un nom.

Je peux le faire. Je vais le faire, pensa Nick. Et il s'efforça de continuer à regarder.

Mais à la toute dernière seconde, la volonté lui fit défaut. Ses yeux se détournèrent et il regarda vers le bas, sur le rebord, où son poing était tellement serré qu'on pouvait voir ses articulations blanchir.

Il avait échoué. Une fois de plus. Comme il le faisait chaque matin depuis qu'il avait signé son contrat avec le diable. Un contrat qui lui avait donné des pouvoirs presque illimités. Pourtant il y avait toujours quelque chose qu'il ne parvenait pas à faire : se regarder en face, accepter son vrai visage. Le visage de celui qui l'avait poussé à conclure ce marché.

Cela faisait plus de deux cents ans que Nick Gerrard ne pouvait supporter de voir ce qu'il était vraiment devenu.

Il se tourna et quitta la salle de bains, laissant derrière lui les lumières qui avaient illuminé la scène de son échec, aussi crues et perçantes qu'un hurlement dans la nuit.

CHAPITRE 6

Quand Phoebe se réveilla le lendemain matin, une lumière éblouissante vint frapper ses yeux endormis. Elle retourna immédiatement s'enterrer sous les couvertures. Dehors, elle aurait pu jurer que les oiseaux chantaient.

Que pouvait-il bien se passer ?

Elle roula sur le côté, tournant le dos à la fenêtre, ouvrit un œil et se retrouva nez à nez avec une rose rouge à longue tige qui resplendissait littéralement dans la lumière du matin.

De la lumière… c'était bien ça, pensa Phoebe.

Dans la région de la baie de San Francisco, les matins étaient généralement brumeux à cause de la proximité de l'Océan. Mais ce matin-là, le soleil brillait, s'écoulant à travers la fenêtre de la chambre de Phoebe comme une cascade de miel.

Pas étonnant que les oiseaux chantent, pensa-t-elle.

Une matinée comme celle-ci lui donnait, à elle

aussi, envie de chanter. Mais Phoebe était tout sauf matinale.

Elle s'approcha un peu de la rose et la huma avec délectation. Sous la rose était glissée une enveloppe portant en gros l'écriture de Cole. Phoebe tourna la tête jusqu'à ce qu'elle puisse déchiffrer les mots qu'il avait écrits sur l'enveloppe.

POUR PHOEBE, LA FILLE DE MES RÊVES.

Phoebe sentit un élan amoureux lui submerger le cœur. Cole lui demandait certainement pardon. Elle en était certaine. Bien sûr, elle aurait préféré qu'il vienne en personne présenter ses excuses, mais il avait dû retourner au bureau aux aurores pour continuer à travailler sur l'affaire qui lui avait déjà fait manquer leur dîner de la veille.

Au lieu de le critiquer, elle décida de lui accorder un bon point pour l'avoir laissée dormir. Cole savait d'ailleurs qu'elle ne fonctionnait qu'à moitié, tôt le matin.

Et puis, des excuses, quelle que soit leur forme, valaient mieux que rien.

Phoebe s'assit et repoussa les couvertures jusqu'à la taille. Une odeur délicieuse montait l'escalier. Piper préparait sûrement des muffins à la carotte. Elle les adorait. D'ailleurs, autant l'avouer, il y avait peu de viennoiseries que Phoebe n'appréciait pas.

Mais d'abord je vais lire le petit mot de Cole, décida-t-elle, *et ensuite j'irai en bas, m'occuper de mes sœurs*.

Le soleil brillait. Une nouvelle journée commençait.

Une journée où Phoebe Halliwell allait faire son possible pour que tout se passe bien.

Vingt minutes plus tard, elle avait pris sa douche et descendait l'escalier, s'amusant encore du message d'excuse de Cole.

« *Je suis désolé de m'être énervé hier soir*, avait-il écrit. *Je tâcherai de mieux me comporter la prochaine fois. À ce soir. Passe une bonne journée.* »

Il fallait admettre que sur le plan des excuses, cela manquait un peu de finesse. Surtout l'allusion à *la prochaine fois*. Mais elle comprenait ce que Cole voulait dire et il avait réellement fait un effort.

Elle trouverait un vase parfaitement adapté et poserait la rose sur sa table de nuit. Ou alors, elle le laisserait bien en évidence au milieu de la table de la cuisine, là où ses sœurs le remarqueraient forcément. Cela devrait contribuer à effacer tous leurs doutes au sujet du futur mariage de Phoebe et de Cole.

Bon, d'accord. Les excuses de Cole étaient loin d'être parfaites, pensait Phoebe en fouillant le vaisselier de la salle à manger à la recherche du soliflore en cristal de leur grand-mère. Mais vu le temps magnifique qu'il faisait dehors, elle pouvait bien se montrer plus tolérante que la veille, dans la nuit et le brouillard.

Cole avait essayé et c'était tout ce qui importait. Il avait eu tort et il l'avait reconnu. Sa vie antérieure ne l'avait pas beaucoup préparé à l'art subtil de la demande de pardon. Etre un démon avait tendance à pousser les gens à ne jamais dire qu'ils sont désolés.

Et puis, les excuses sont comme tout le reste : c'est en forgeant qu'on devient forgeron. Phoebe avait le sentiment que Cole aurait souvent l'occasion de s'exercer à en faire, dans les temps à venir. Surtout s'ils se mariaient.

— Bonjour ! chantonna-t-elle en poussant la porte de la cuisine d'un coup de hanche, le vase coincé sous le bras.

Penchées devant l'ordinateur qui se trouvait dans le coin où Piper faisait souvent ses comptes du *P3*, Paige et Piper sursautèrent.

— Phoebe ! s'écria Piper en contournant l'ordinateur pour venir se planter entre Phoebe et l'écran. Tu es déjà debout ?

Pendant ce temps, sa complice Paige tapait frénétiquement sur le clavier.

Oh, non ! pensa Phoebe. *Ça recommence !* Elle prit une longue inspiration. *Ce n'est pas grave, je peux gérer ça.* Aujourd'hui, elle avait décidé de ne pas se laisser gâcher la vie par les mesquineries de ses sœurs.

— Bien sûr, que je suis debout ! dit-elle en mettant sa rose dans de l'eau.

Comme un panier contenant les muffins de Piper trônait déjà au milieu de la table, elle décida de poser le vase sur le rebord de la fenêtre.

— C'est le matin. Il y a même déjà du soleil. Vous l'avez sûrement remarqué, non ?

— Le soleil… euh, oui, super ! dit Piper.

Elle ne se tortillait pas les mains, mais c'était tout comme. Phoebe se dirigea vers le placard, prit une tasse avant de se diriger vers le pot de café. Elle remarqua que Piper changeait de position à chacun de ses mouvements, continuant à cacher Paige de sa vue.

C'était assez évident. Il aurait fallu être aveugle pour ne pas se rendre compte de son petit manège.

Finalement, la tasse à la main, Phoebe s'adossa contre le comptoir et prit une longue gorgée revigorante de café. *Agir ! Voilà ce qu'il faut que je fasse !* décida-t-elle. Peut-être devrait-elle carrément mettre les pieds dans le plat pour savoir ce qui se passait ici.

Elle posa sa tasse sur le comptoir avec un petit bruit sec et fit un pas rapide vers les filles.

— Qu'est-ce que tu fais ? paniqua Piper.

— Muffin, dit simplement Phoebe en soulevant la serviette qui recouvrait le panier avant d'en brandir un, triomphalement.

— Quoi ? demanda Piper comme si Phoebe s'était soudain mise à parler une langue étrangère.

— Muffin, répéta Phoebe avec un sourire éblouissant en posant le muffin sur une petite soucoupe. Tu sais, ces trucs que tu prépares parfois le matin et qui sont absolument délicieux avec du café ? J'avais envie d'en prendre un. À moins que tu n'aies l'intention de tous les garder pour Léo.

— Léo ? Bien sûr que non, répondit Piper.

À cet instant, des étincelles de lumière apparurent juste à côté d'elle.

— Léo, bien sûr que non ? demanda son mari en se matérialisant enfin. Qu'est-ce que ça veut dire ?

Piper se précipita dans ses bras.

— Oh, comme je suis contente de te voir ! se réjouit-elle.

— Moi aussi.

Phoebe lui trouva un air bizarre. Léo semblait à la fois déconcerté et ravi. Cela lui remonta le moral.

Apparemment, elle n'était pas la seule à penser que Piper se comportait bizarrement. Réconfortée par le trouble de Léo, elle décida de se faire plaisir. Pendant que Piper continuait à dorloter son mari, elle posa un second muffin sur son assiette.

Quelles que soient les préoccupations de ses sœurs, Piper n'en avait apparemment pas encore fait part à Léo. Ce qui voulait dire qu'elle avait encore des doutes sur ses doutes. Piper discutait toujours des choses importantes avec Léo. C'était ainsi que fonctionnait leur relation et Phoebe trouvait cela formidable.

— Hé ! Que se passe-t-il ? On fête quelque chose ? demanda soudain Paige.

Elle se détourna de l'ordinateur, mais avait auparavant pris la précaution de sortir du fichier sur lequel elle travaillait.

Maintenant, je n'ai plus aucun espoir de découvrir ce qu'elles veulent me cacher, pensa Phoebe, déçue.

— Oh, mon Dieu ! Il est déjà aussi tard ? s'exclama Paige en jetant un coup d'œil à l'horloge de la cuisine. Bon, j'y vais ! À ce soir, Phoebe. Tu n'oublieras pas de passer prendre mes vêtements chez le teinturier, n'est-ce pas ?

Sans attendre de réponse, Paige passa devant Phoebe, non sans d'abord piquer un des muffins sur son assiette.

Phoebe remplaça délibérément le gâteau que Paige venait de lui subtiliser.

— Je retourne dans ma chambre, annonça-t-elle. Oui, ça c'est *ma* rose sur le rebord de la fenêtre. Oui, elle est absolument parfaite. Si ça intéresse quelqu'un, c'est Cole qui me l'a offerte. Je l'aime et nous allons nous marier. Ce sera tout. Je vous remercie.

Sur ce, elle tourna les talons et se dirigea vers l'escalier, l'assiette à la main.

La voix plaintive de Léo l'atteignit au moment où elle posa le pied sur la première marche.

— Comment se fait-il que je sois toujours le dernier ici à savoir ce qui se passe ?

Quelques heures plus tard, Phoebe conduisait le 4×4 à travers les rues toujours encombrées de San Francisco, décidée à faire toutes les courses qui figuraient sur sa liste avant de rendre la voiture à Piper. Paige était peut-être la crème des travailleurs sociaux et Piper une fée du logis, mais ni l'une ni l'autre n'arrivait à la cheville de Phoebe quand il s'agissait de faire des courses.

Comme pour le prouver, elle contourna une camionnette dépanneuse et se précipita vers une place de parking libre à quelques mètres de là. *Super !* pensa-t-elle. *C'est vraiment mon jour de chance.* Ce n'était pas évident de se garer en plein centre-ville !

Ce qui expliquait sans doute la présence de la dépanneuse.

Elle sauta de la voiture, mit l'alarme et repartit dans le sens d'où elle était venue, en direction de la boutique qui vendait ce qu'on pourrait appeler des joujoux high-tech pour hommes. Cette halte ne faisait pas partie de sa liste, mais elle s'était promis de s'y arrêter si elle trouvait une place pour se garer afin d'y choisir une petite bricole pour Cole. Il méritait bien ça après l'effort qu'il avait fait pour lui demander pardon. Avec une rose, de surcroît !

Aïe ! pensa Phoebe en repassant à côté de la dépanneuse.

Avec un crissement de métal contre métal, le conducteur attachait de gros crochets menaçants au châssis d'une jolie petite voiture de sport rouge qui était garée juste devant la boutique où elle se rendait. Apparemment, le type qui conduisait cette voiture n'avait pas eu autant de chance qu'elle pour se garer et s'était contenté d'une zone de stationnement interdit. Le panneau, caché par la branche basse d'un immense platane, n'était pas évident à voir.

Mais ce genre de détail n'allait pas freiner l'empressement de l'employé municipal.

Le conducteur malchanceux devait se trouver dans la boutique où se rendait Phoebe. Avec un peu de chance, il pourrait intervenir avant qu'il ne soit trop tard. À moins qu'elle n'entre dans le magasin et donne l'alerte générale. Soudain indécise sur ce qu'elle devait faire, elle resta plantée au milieu du trottoir.

L'employé remonta son pantalon des deux mains et se pencha à l'intérieur de la cabine de son camion pour tirer sur un levier. Lentement, la grue se mit en mouvement et souleva l'avant de la voiture rouge pour la faire avancer sur la plate-forme.

— Hé ! cria soudain une voix. Hé ! Une minute ! Arrêtez ! C'est ma voiture !

Une silhouette sortit de la boutique juste derrière Phoebe, la bousculant presque dans sa hâte d'atteindre le camion. Des mains l'attrapèrent automatiquement pour la remettre en équilibre, puis la lâchèrent. Le conducteur affolé ne quittait pas le petit coupé rouge des yeux.

— Mais qu'est-ce que vous faites ! hurla-t-il.

— À ton avis, mon gars ? aboya l'employé avec un sourire méprisant.

Pas très sympa, pensa Phoebe. Il va sans doute se régaler de ce petit incident pendant toute la semaine : emmener une petite voiture de sport à la fourrière sous les yeux d'un jeune blanc-bec, voilà qui le vengera de bien des frustrations !

— Mais c'est ma voiture ! protesta le type.

Le conducteur de la dépanneuse attendit que la voiture soit entièrement installée sur la plate-forme avant d'arrêter le moteur de la grue.

— Comme ça tu pourras la réclamer plus facilement, pas vrai ? dit-il alors en plongeant la main dans la poche kangourou de sa salopette bleue de travail.

Il lui tendit une carte de visite maculée de cambouis.

— Tiens, ajouta-t-il. Voilà l'adresse de la fourrière ! Tu f'rais bien de te grouiller, mon pote. Les mecs là-bas vont se frotter les mains en voyant arriver ton p'tit bijou !

— Mais vous ne pouvez pas juste la prendre comme ça ! Je n'ai rien fait de mal.

— C'est là qu'tu te trompes, mon vieux ! répondit l'employé en faisant un signe avec le pouce.

Comme si ce geste lui était adressé, Phoebe tira la branche de l'arbre de côté, révélant le panneau « Stationnement Interdit – Enlèvement demandé » qui se trouvait juste derrière lui.

— Oh ! Oh, non ! gémit le conducteur de la voiture de sport, désespéré.

— Pas de chance, hein ? lança gaiement l'employé en grimpant dans son camion.

Il claqua la porte. Un instant plus tard, il fit gronder le moteur et se glissa dans la circulation. La petite auto semblait s'agiter comme un drapeau rouge derrière la dépanneuse.

Le conducteur déçu mit une main sur les yeux.

— Je ne pense pas pouvoir supporter de voir ça, dit-il.

— Je vous comprends, déclara Phoebe en lâchant la branche qui reprit sa place, couvrant de nouveau le panneau d'interdiction de stationner.

Elle mena un bref combat contre l'égoïsme, puis renonça. Le type était tellement occupé par sa mésaventure qu'elle pourrait sans doute s'éloigner sans qu'il s'en rende compte. Entrer dans la boutique. Mais si elle faisait cela, elle ne pourrait pas lui rendre la grande faveur qu'elle lui devait.

— Voulez-vous que je vous conduise à la fourrière ? proposa-t-elle.

— Oh, je ne pourrais pas vous demander ça, dit le type en baissant la main. Je veux dire… nous sommes de parfaits étrangers et je… Phoebe ? Phoebe Halliwell !

— Salut, Nick.

Et elle se perdit dans les yeux verts de Nick Gerrard.

— Oh, Phoebe ! Tu es sûre de vouloir faire ça ? demanda Nick quelques instants plus tard.

Ils étaient revenus dans la boutique pour qu'il puisse récupérer son achat. Quand il avait appris la raison de la présence de Phoebe dans le quartier, il avait insisté pour qu'elle prenne le temps de faire sa course et choisisse un cadeau pour Cole. Elle avait fait son choix le plus rapidement possible et ils se tenaient maintenant tous les deux sur le trottoir, à côté du 4×4 des Halliwell.

— Tu n'as pas besoin de faire ça, tu sais, dit Nick.

— Ça, je le sais, remarqua-t-elle, ne sachant pas trop bien si elle devait rire ou hurler. Cela fait plus d'un million de fois que tu me le dis.

— Je me répète un peu, n'est-ce pas ? demanda Nick. C'est parce que je ne voudrais pas que tu te sentes obligée de m'aider.

— Et j'apprécie ta délicatesse, vraiment.

Elle appuya sur la commande à distance pour déverrouiller la porte du passager. Comme Nick ne bougeait pas, toujours hésitant, elle passa devant lui pour ouvrir la portière.

— Si tu me fais répéter encore une fois que ça me fait plaisir de t'emmener à la fourrière, je risque de changer d'avis, le menaça-t-elle.

— Oh, non, ne fais pas ça !

Phoebe ne put s'empêcher de sourire. Psychologie inversée. Cela fonctionnait sur tous les mâles de l'espèce, à tous les coups.

— Pour la dernière fois, Nick, écoute-moi ! Je ne me sens pas obligée, d'accord ! En fait j'ai vraiment très envie de t'accompagner à l'autre bout de la ville jusqu'à la fourrière. Alors tu veux bien entrer dans la voiture, s'il te plaît ?

Nick obtempéra.

— Je suis sûr d'avoir raison ! observa-t-il quand Phoebe s'installa à côté de lui.

— Moi, je te dis que non ! répliqua automatiquement Phoebe en bouclant sa ceinture.

Il y eut un silence, puis elle éclata de rire.

— Tu as raison à propos de quoi ?

— Tu te sens obligée de m'aider, dit Nick en attachant sa ceinture.

Phoebe soupira. Apparemment, il ne serait pas satisfait avant qu'elle se soit expliquée.

— Bon, tu as raison, admit-elle. La situation est allée un peu trop… loin, hier soir. Mais cela aurait pu être bien pire. C'est grâce à toi que les choses se sont calmées. En ce qui me concerne, c'est moi qui te suis redevable de quelque chose.

— Mais…

Phoebe leva la main et il se tut.

— Je sais que nous ne pensions jamais nous revoir, continua-t-elle. Mais comme c'est le cas, je voudrais te rendre ce service. J'ai sincèrement apprécié la manière dont tu as gardé la tête froide, hier soir.

— Mais la fourrière est tellement loin, protesta Nick.

— Elle pourrait être sur la lune que cela ne me dérangerait pas, répondit promptement Phoebe. Je voudrais te remercier. Ça veut dire que je t'emmènerai où tu voudras aller.

Il sourit.

— Tu peux redire ça, Phoebe ?

Elle fronça les sourcils. Le choc de voir sa voiture emmenée ainsi avait dû le frapper plus qu'elle ne l'avait cru car il était un peu bizarre.

— Redire quoi ?

— Ce truc au sujet de m'emmener, dit Nick.

— Ah, ça ! répondit Phoebe qui avait décidé de le prendre sur le ton de la plaisanterie. Je crois avoir dit : je t'emmènerai où tu voudras aller.

— Tu ne peux pas savoir ce que ça signifie pour moi de t'entendre dire ça, *sorcière* !

Il y eut un éclair de lumière éblouissante et Phoebe ne se rappela rien de plus.

CHAPITRE 7

— Comment ça, Phoebe n'est pas rentrée à la maison ? demanda Cole.

Le portable collé à l'oreille, il longea le couloir jusqu'à l'ascenseur qui devait l'emmener au parking. Il voulait courir, mais c'était impossible. Le couloir était encombré d'employés de bureau qui rentraient chez eux, tout comme lui, d'ailleurs, quand il avait reçu le coup de fil de Piper.

— Quel jour sommes-nous ?

Cole se concentra sur ce qu'il savait au sujet de l'emploi du temps que Phoebe et ses sœurs avaient établi, essayant d'ignorer la violence avec laquelle son cœur battait dans sa poitrine. Si quelque chose était arrivé à Phoebe, il…

— Jeudi. On est jeudi ? C'est le jour des courses, non ?

— Exact, répondit la voix de Piper. Elle a pris le 4×4 comme d'habitude, ce matin. Elle revient toujours en début d'après-midi car elle sait que j'en ai besoin pour me rendre au *P3*, mais elle n'est pas rentrée à temps. D'abord, je ne me suis pas inquiétée. Ça lui arrive de prendre du retard. J'ai pris un taxi pour aller au *P3* et, en arrivant, j'ai eu pas mal d'urgences. Je n'y ai plus vraiment pensé avant d'arriver à la maison ce soir. Et elle n'y était toujours pas.

— Tu as essayé son portable ? l'interrompit Cole.

Il était conscient de se montrer un peu abrupt, mais il ne pouvait pas s'en empêcher. Piper, qui ne paniquait presque jamais, semblait sérieusement inquiète.

Cole poussa sur le bouton d'appel de l'ascenseur avec impatience. *Allez, bon sang !* pensa-t-il. Pourquoi est-ce que tout semblait fonctionner au ralenti dans les situations les plus urgentes ?

— Je viens juste de le faire.

— Et ?

— Rien.

— Comment ça, rien ?

Il entra dans l'ascenseur et il se retrouva aussitôt coincé contre le fond de la cabine. Ce que venait de lui dire Piper ne tenait pas debout. On ne pouvait pas appeler sur un portable et ne rien obtenir. Il y avait toujours une voix demandant de laisser un message, une indication de panne ou de dépassement de secteur géographique. Quelque chose.

— Rien ! s'impatienta Piper. Du silence. C'est à ce moment-là que j'ai commencé à m'inquiéter, à me dire que quelque chose n'allait pas. J'ai appelé Paige, mais elle n'a pas vu Phoebe non plus. Alors je t'ai appelé et… juste un instant. Attends, Cole. Je crois que quelqu'un vient.

L'ascenseur commença sa descente. Cole regarda les numéros d'étages défiler. Lentement.

— Ce n'est pas elle, continua Piper d'une voix essoufflée. C'était Paige. Je suis désolée. Je pense que tu devrais rentrer à la maison, Cole. Je ne suis pas certaine qu'il y ait un pépin, mais… j'ai l'impression qu'il y a quelque chose qui cloche et je…

— Je suis en route, promit Cole. Accroche-toi ! Où est Léo ?

Cole entendit soudain des bruits à l'arrière-plan et la voix de Paige qui criait. Puis plus rien.

— Piper ! lança-t-il, indifférent à la foule qui l'entourait. Piper ! Qu'est-ce qui vient d'arriver ? Que se passe-t-il ?

Il y eut un silence, puis il entendit de nouveau la voix de Piper. Il ne comprit que quelques bribes de mots avant que la communication ne soit coupée.

— Fais vite, Cole !

Cole n'avait aucune idée du nombre potentiel d'excès de vitesse qu'il aurait pu collectionner sur le chemin du manoir Halliwell. Un beau paquet, en tout cas ! Mais il ne réfléchissait pas à sa façon de conduire, cependant. Il n'avait qu'une seule chose à l'esprit en fonçant vers ce qui était devenu son foyer.

Quelque chose n'allait vraiment pas.

Quelque chose qui concernait Phoebe de près. Rien que d'y penser, son cœur maintenant terriblement humain battait à tout rompre. Si quelque chose arrivait à Phoebe, sa vie de mortel mériterait-elle encore d'être vécue ?

N'y pense même pas ! maugréa-t-il. L'important était d'identifier le problème, de trouver une solution.

De trouver Phoebe.

Dans un crissement de freins, Cole s'arrêta devant le manoir, prenant à peine le temps de couper le moteur avant de se précipiter hors de la voiture. Il parcourut la petite allée à toute allure. L'adrénaline diffusée dans tout le corps, il ouvrit à la volée la porte d'entrée et sauta dans le vestibule, prêt à attaquer.

Ce n'était pas parce qu'il n'était plus un démon qu'il ne savait plus se battre.

Mais rien ne se jeta sur lui quand il entra. Aucune boule de feu ne vint à sa rencontre. Ce fut au contraire un silence terrifiant qui l'accueillit.

— Piper ? Paige ? cria-t-il, les nerfs à fleur de peau.

— Ici ! répondit la voix de Piper après un instant.

Le ton était inhabituel, haut perché. Il l'entendit s'éclaircir la voix, puis essayer encore.

— Nous sommes dans la salle à manger, Cole. Je pense que ce serait bien que tu viennes aussi. Fais-moi ce plaisir, veux-tu ?

— Quoi ?

Tous les sens en alerte, Cole commença à se mouvoir vers la salle à manger le plus silencieusement possible, en longeant le mur.

— Pas de mouvement brusque, d'accord ? dit encore Piper. Entre lentement et calmement ! Il dit que ce serait mieux pour tout le monde, ainsi.

Cole s'arrêta.

— Qui dit ça ?

Il y était presque. Encore quelques pas et il pourrait…

— C'est moi ! répondit une nouvelle voix.

Une voix qui semblait très grave et rocailleuse, tout en sifflant comme un serpent. *Pas très humaine*, songea Cole. Mais cela ne le surprenait pas vraiment.

— Si tu as l'intention de jouer au héros humain, tu ferais mieux de renoncer ! continua la voix du démon inconnu. Fais ce que te dit la petite demoiselle. Pas de mouvement brusque. Rentre lentement et calmement. Je ne cherche pas la bagarre. Je veux simplement te transmettre un message. Je t'assure que tu as vraiment intérêt à entendre ce que j'ai à te dire.

— Cela m'étonnerait ! gronda Cole.

Le démon rit. C'était un son très désagréable.

— Crois-moi, tu n'as aucun intérêt à faire le mariolle, sinon tu ne reverras jamais ta sorcière !

Phoebe ! pensa Cole, paniqué.

Tout en Cole le poussait à se précipiter, mais il se força à rester calme pour envisager toutes ses options. Il avait envie de faire tout le contraire de ce que lui ordonnait le démon inconnu. D'abord frapper vite et fort, poser les questions après.

Mais il devait avant tout savoir où en était Phoebe. Il semblait assez évident maintenant qu'elle avait été enlevée. Il ignorait par qui. Le plus important était de rassembler assez d'informations pour pouvoir récupérer Phoebe. Même si cela lui était pénible de l'admettre, le mieux était encore d'écouter ce que le démon messager avait à lui dire.

Il décida donc d'obéir au démon. Ensuite, il l'exploserait ! Ainsi, il pourrait satisfaire deux envies pressantes : en savoir plus et se défouler.

Satisfait du choix qu'il venait de faire, Cole prit une longue inspiration et entra dans la pièce.

Il vit Piper et Paige assises dos à dos sur des chaises, les bras attachés ensemble. Pas vraiment très original, mais cela avait l'avantage d'empêcher Piper d'utiliser ses pouvoirs. Ainsi ligotée, elle ne pouvait pas se servir de ses mains pour figer. Paige n'avait sans doute pas osé se fier à ses propres pouvoirs de télékinésie pour les transférer toutes deux ailleurs, en sécurité. Et puis, où qu'elles aillent, elles seraient toujours attachées ensemble.

— Ça va, les filles ? demanda Cole.

Piper hocha la tête.

Puis il dirigea son attention vers la créature présente dans la pièce. À l'autre extrémité de la table, se tenait un petit démon au visage recouvert d'écailles vertes. Il était déguisé en homme d'affaires, comme Cole. Chemise blanche, pantalon au pli impeccable, veste et cravate. Il était en train de faire un sort aux muffins à la carotte de Piper.

— Tu devrais en goûter un, ils ne sont pas mauvais du tout, dit-il à Cole en lui jetant un sourire garni de crocs acérés.

— Tu me voulais, me voilà, répondit Cole. Je propose qu'on fasse l'impasse sur les politesses habituelles entre démons et qu'on en arrive directement à ce qui t'amène ici.

Le démon passa une langue fourchue sur ses lèvres.

— Le fait que tu sois devenu un mortel n'a pas arrangé ton caractère, à ce que je vois !

Cole avança d'un pas, menaçant.

— Bon, bon, ça va… Quel sale caractère ! Regarde

autour de toi. Tu remarques qu'il manque quelque chose ? Ou devrais-je plutôt dire *quelqu'un* ?

— Bien sûr ! Je suis humain, pas débile ! Quelqu'un a enlevé Phoebe, n'est-ce pas ? Où est-elle et que veulent-ils ?

— Ah, mais c'est assez cocasse, tu verras ! dit le démon en sortant encore sa langue fourchue.

Ça l'amuse, pensa Cole. *Ça l'amuse beaucoup. Beaucoup trop !*

— Il ne s'agit absolument pas d'un enlèvement. Elle est partie de son plein gré, continua le démon. Tiens, regarde ! ajouta-t-il après avoir fait un geste du bras qui éparpilla des miettes de muffin sur toute la table.

Comme si le mur de la salle à manger était soudain devenu un écran géant, Piper, Paige et Cole purent voir une scène se dérouler sous leurs yeux éberlués.

Phoebe se tenait sur le trottoir devant la boutique préférée de Cole. Elle semblait regarder avec inquiétude une petite voiture de sport rouge se faire enlever par la fourrière. À côté d'elle se trouvait celui qui devait être le propriétaire de la voiture, s'il en jugeait par sa réaction.

Mais qu'est-ce que ça a à voir avec nous ? pensa Cole. Il allait ouvrir la bouche pour formuler la question quand il vit les lèvres de Phoebe se mouvoir. Le type se retourna pour lui répondre.

Le souffle de Cole fut coupé, comme si on venait de lui envoyer un coup dans l'estomac. Il connaissait cet homme. Il l'aurait reconnu n'importe où. C'était l'homme qui accompagnait Phoebe, la veille, au dîner.

— Je vois que tu commences à comprendre, commenta le démon en regardant Cole avec insistance. Tu es rapide, malgré ton fichu caractère. Alors ? Tu l'as reconnu ?

Ne sachant s'il pouvait se fier à sa voix, Cole hocha la tête. D'abord un dîner, puis un rendez-vous le lendemain. Phoebe avait-elle fait semblant d'être blessée par ses doutes ? L'avait-elle vraiment trahi ?

— Attends une minute. Tu veux dire que ce type a des connexions avec le Monde des Ténèbres ? s'exclama soudain Paige. Impossible ! Il a tout d'un garçon adorable !

— Les apparences peuvent être trompeuses, fit remarquer le démon aux écailles vertes. Surtout en ce qui le concerne ! Il peut avoir un visage le matin, au saut du lit, un autre l'après-midi et encore un autre le soir. Les possibilités sont innombrables. Et tous ses visages sont différents. Personne n'a jamais vu sa vraie tête. Pas même lui, si l'on en croit la rumeur.

— Pourquoi pas ? demanda Paige. Bien que je me demande si j'ai vraiment envie de le savoir.

— C'est simple, répondit le démon. Parce que son visage est tellement terrifiant que même lui ne peut pas supporter de le voir.

Cole sentit le sang se retirer de sa tête. Il n'y avait qu'une seule chose qui pouvait correspondre à cette description. Une chose qui avait jadis été humaine et qui maintenant était devenue tout à fait autre chose. Rien de bon, en tout cas. Et bien trop près de la femme qu'il aimait.

Les yeux rivés au mur, Cole regarda Phoebe inviter la créature la plus dangereuse du Monde des Ténèbres à s'installer à côté d'elle, dans le 4 × 4 des Halliwell.

— *Tauschung !*

CHAPITRE 8

— Gesundheit ! répondit automatiquement Paige.

Le démon rit de bon cœur.

— Je commence à comprendre pourquoi ça te plaît tant, ici, dit-il à Cole. Ces sorcières sont tout simplement tordantes !

Cole sentit sa colère monter en lui. En quelques pas rageurs, il s'approcha du démon, le saisit par la nuque et le souleva du sol.

— Cole est-il censé être capable de faire ça ? demanda Paige avec anxiété. Je veux dire… maintenant qu'il est devenu un simple mortel…

Piper se tortilla sur sa chaise pour voir ce qui se passait.

— Un simple mortel, c'est beaucoup dire.

Leur bref échange fut interrompu par la voix rageuse de Cole.

— Est-ce que tu m'as vu rire ? demanda-t-il au démon.

Celui-ci laissa échapper un cri étouffé.

— C'est bien ce qu'il me semblait, dit Cole. Où l'a-t-il emmenée ? Montre-moi la suite. Immédiatement !

Tout en brassant l'air de ses jambes, le démon fit un geste de la main et les images sur le mur défilèrent plus rapidement. Phoebe s'asseyait maintenant dans la voiture. Le démon aux écailles vertes fit alors un autre geste. La voix de Phoebe emplit la pièce :

— Je t'emmènerai où tu voudras aller.

— Tu ne peux pas savoir ce que ça signifie pour moi de t'entendre dire ça, *sorcière* ! dit le type à côté d'elle.

Puis il y eut un éclair de lumière éblouissante et tous deux disparurent. Les images sur le mur s'évanouirent.

— Où est-elle ? demanda Cole.

La rage et la peur envahirent son corps en épaisses vagues brûlantes. Il secoua le démon comme une poupée de chiffon.

— Cole ! Cole ! pose-le par terre, cria Piper. Il ne peut pas répondre si tu l'étrangles ainsi.

— Elle a raison, dit une nouvelle voix.

Cole sentit une main se poser sur son épaule. Avant même de pouvoir réagir ou de se dégager, il comprit qui c'était.

— Ce n'est pas lui que nous devons combattre, il est seulement le messager, dit Léo. Allons, Cole, pose-le ! Laisse-le parler. Il pourra nous dire ce qu'il sait. C'est ce qu'il y a de plus important, n'est-ce pas ?

Il a raison, pensa Cole. *Il faut que je me calme.* Sans cela, Phoebe risquait d'être perdue à jamais.

Il reposa lentement le démon sur le sol.

Puis, avec Léo à ses côtés, il recula jusqu'à ce que

la table les sépare, lui et le démon. Autrement, il n'était pas certain de pouvoir se maîtriser.

— Tu as deux secondes pour nous dire ce que tu sais !

— Elle est dans le Monde des Ténèbres, qu'est-ce que tu crois ! aboya le démon. D'ailleurs, elle y est allée de son plein gré, comme tu as pu l'entendre toi-même. Si tu veux mon avis, ta petite amie la sorcière t'a plaqué, oh-toi-qui-fus-jadis-le-Grand-Batlhazar. Elle t'a fait renoncer à tes pouvoirs, puis t'a échangé contre un nouveau modèle, bien mieux que toi. *Tauschung* est plutôt au sommet de notre bonne vieille hiérarchie des démons. Juste en dessous du Pouvoir des Ténèbres. Elle ne perd pas au change, ta petite chérie. Pas folle la guêpe !

Je sais déjà tout cela, pensa Cole. *Dis-moi plutôt comment la récupérer*. Il essaya de formuler la question, mais sa gorge semblait gelée.

— Comment pouvons-nous la retrouver ? demanda Léo à sa place.

Le démon ricana.

— Ça ne vous semble pas évident ? Notre petit bonhomme mortel doit descendre et la sauver, à condition bien sûr qu'il en soit capable ! S'il peut la trouver et la récupérer, il pourra la ramener dans son monde. Sinon, tous deux resteront en bas. Personnellement, je ne parierai pas un kopeck sur ses chances de réussite. Déjà à l'époque où il était démon, il ne faisait pas le poids contre *Tauschung* !

Le démon secoua la tête, puis ajouta :

— Mais je dois admettre que je suis assez partial. Bon… où est-ce que j'ai fourré ce truc ? demanda-t-il en tâtant ses poches à la recherche de quelque chose. Ah, voilà ! s'exclama-t-il après un moment en extirpant un objet cylindrique de la poche arrière de son pantalon. Tu as déjà remarqué que les choses ne sont jamais là où on les cherche ? Tiens, attrape !

Il envoya l'objet retrouvé à l'autre bout de la pièce, vers Cole qu'il l'attrapa par réflexe. Il avait les nerfs tendus comme la corde d'un arc, prêts à se déchirer. Il jeta un coup d'œil à ce qu'il tenait à la main. Une nouvelle poussée d'adrénaline le submergea.

— Un pipeau ! Tu me donnes un pipeau ? Tu te fiches de moi ? Que veux-tu que je fasse de ça !

— C'est pour appeler ton guide, pardi ! Eh oui ! Les temps ont changé et avoue que tu es plutôt handicapé, maintenant ! Tu ne peux même plus te zapper dans l'autre monde comme avant. Malheureusement, il te faut un guide, ainsi que n'importe quel misérable mortel. Au fait, ça me rappelle…

Il plongea une main dans la poche de sa veste et en tira une pièce flambant neuve qu'il jeta à Cole.

— Une pièce pour le passeur ! dit-il avec un sourire diabolique. Bon, je crois que c'est à peu près tout. J'ai transmis le message. Ma mission est accomplie. Que la fête commence ! Je te souhaiterais volontiers bonne chance, mais ce ne serait pas sincère. Alors, à quoi bon ?

Il piqua un dernier muffin et disparut dans un nuage de fumée verte et nauséabonde.

— Mon Dieu, que je suis contente de te voir ! dit Piper quand Léo se précipita vers les deux sœurs pour détacher leurs liens.

— Je suis venu aussitôt que j'ai pu. Désolé de ne pas avoir été là plus tôt.

Une fois libérée, Piper se blottit immédiatement dans ses bras.

— Hé ! Moi aussi j'aimerais bien un câlin, protesta Paige.

Piper et Léo se tournèrent vers elle et l'enlacèrent un moment.

Puis tous les trois se tournèrent vers Cole.

Il fixait toujours les yeux sur le mur qui avait révélé ce qui était arrivé à Phoebe. Dans son poing, il serrait les objets que le démon lui avait jetés. Son passeport pour le Monde des Ténèbres, un monde qu'il avait eu tant de mal à laisser derrière lui.

Personne ne pipait mot.

— Bon, qu'est-ce qu'on fait ? s'enquit finalement Paige. Comment allons-nous savoir si tu parviens à faire ce qu'ils te demandent ? C'était quoi, déjà ? Retrouver Phoebe et la récupérer ? Qu'est-ce que ça veut dire ? C'est tellement ringard. Pour qui la prennent-ils ? Pour un bagage perdu ?

Cole se tourna lentement vers eux, livide. Ses mouvements étaient raides et maladroits, comme si la rage, la peur et la douleur coulant dans ses veines allaient exploser s'il bougeait trop brusquement.

— Ce qu'ils pensent, dit-il d'une voix calme, c'est que Phoebe est le meilleur instrument de vengeance qu'ils puissent utiliser contre moi. Et vous savez quoi ? Ils ont parfaitement raison !

CHAPITRE 9

— D'accord, attends une minute, dit Paige. Je suis peut-être un peu bouchée, mais je ne comprends rien du tout. Tu veux dire qu'ils ont enlevé Phoebe et qu'ils ne la veulent pas vraiment ?

— Oh, ce n'est pas qu'ils ne la veulent pas, fit tristement Cole. Mais ils me veulent encore davantage. Ils me simplifient un peu trop la tâche pour que je puisse venir à son secours, vous ne trouvez pas ? Cela devrait vous mettre la puce à l'oreille. La vrai cible, c'est moi. Phoebe n'est que la cerise sur le gâteau.

— Je suis d'accord avec Cole, intervint Piper. Cet épouvantable petit démon voleur de muffins est venu chercher Cole, pas nous. Mais ne perdons pas de vue qu'en gardant Phoebe éternellement dans le Monde des Ténèbres, ils atteignent un autre objectif : détruire à jamais le Pouvoir des Trois, le Pouvoir des Charmed.

Il y eut un instant de silence.

— Alors il ne nous reste plus qu'à la ramener ! dit

Paige avec véhémence. Je commençais à peine à m'habituer à mon statut de sorcière. Qu'est-ce qu'ils s'imaginent ? Que je vais passer ma vie à changer de personnage ?

Piper ne put s'empêcher de sourire. Elle avait mis du temps à se mettre sur la même longueur d'onde que sa cadette. Elle avait cependant fini par comprendre que c'était justement lorsque Paige se montrait la plus sarcastique qu'elle se sentait la plus proche d'elle.

— Que sais-tu de ce démon Atchoum qui a pris Phoebe ? demanda Piper en se tournant vers Cole.

— Une minute… un démon Atchoum ? l'interrompit Léo. Ça n'existe pas.

— Elle parle de *Tauschung*, dit Cole.

Le visage de Léo blêmit.

— Aïe.

— Je suis tout à fait de ton avis, dit Cole.

— C'est donc si grave que ça, hein ? demanda Piper.

— En fait, je dois dire que c'est pire que ça, admit Léo.

— Vraiment pire ? s'enquit Piper.

— Le pire qui soit, répondit Cole. Notre ami à écailles vertes n'avait pas entièrement tort en disant que *Tauschung* était pratiquement au sommet de l'organigramme des méchants. Il est directement sous les ordres du Pouvoir des Ténèbres, et juste derrière la Source.

— Et quelle est l'histoire de ce *Tauschung* ? demanda Piper.

— Pour vous dire la vérité, admit Cole, je ne connais pas toute l'histoire, mais seulement de vagues rumeurs.

Il est très méchant et très puissant. Vraiment un type à éviter. Mais j'ignore comment il est devenu ainsi.

Piper et Paige échangèrent des regards entendus.

— Tout le monde en haut ! commanda Piper. Et que ça saute !

— D'après le *Livre des Ombres*, dit Piper quelques minutes plus tard, la créature aujourd'hui connue sous le nom de *Tauschung* était jadis un aristocrate français du nom de Nicolas Gerrard.

Debout sur le pas de la porte du grenier, Cole laissa échapper un gémissement étouffé.

— Comment ? demanda Paige en jetant un coup d'œil vers lui.

— Rien, répondit sèchement Cole.

Juste quelque chose que j'aurais dû comprendre tout de suite et qui m'a échappé, pensa-t-il. *Nick Gerrard*. S'il avait fait la relation la veille, au restaurant. S'il n'avait pas été aveuglé à ce point par la jalousie, est-ce que Phoebe serait en sécurité à l'heure qu'il est ?

Ne vois pas les choses sous cet angle, se dit-il brutalement. S'il se laissait aller à ce genre de pensée, il sombrerait dans le désespoir. Il jouerait exactement le jeu de cet être maléfique. Ce qu'il avait déjà fait au restaurant. Quel imbécile il était…

— Continue, dit-il.

— Pendant la Révolution française, une bande de maraudeurs a mis le feu au château de Gerrard. Il faillit être brûlé vif. Ce n'est que parce qu'il avait bravé les usages aristocratiques en se fiançant à une fille de paysan qu'il a pu survivre. Les parents de la jeune fille ont risqué leur vie pour le secourir. Ils sont arrivés à le sortir des flammes juste à temps.

— Tout cela plaide en sa faveur. Il a l'air d'être un brave type, fit remarquer Paige. Comment se fait-il qu'il ait fini par se retrouver sous les ordres du Pouvoir des Ténèbres ?

Piper tourna la page et lut rapidement quelques lignes du *Livre des Ombres*.

— Apparemment, quand la fiancée de Gerrard l'a vu défiguré par ses brûlures, elle a complètement paniqué et déclaré qu'elle ne pourrait jamais épouser un tel monstre. Au point que Gerrard a juré de se venger. Afin de lui montrer, à elle et à toute la gent féminine, ce qu'était vraiment un monstre. Le Pouvoir des Ténèbres l'a entendu et lui a offert l'occasion d'y parvenir. En échange, Gerrard devait se mettre à son service. Pour l'éternité, bien sûr.

— Tu parles d'un contrat ! commenta Paige.

— En fait, si tu as l'intention de passer l'éternité à te venger, ce n'est pas une mauvaise affaire, dit Léo.

C'était la première fois qu'il prenait la parole depuis qu'ils étaient montés consulter le *Livre des Ombres*.

— Alors, quels sont exactement ses pouvoirs ? demanda Paige.

— Je n'en sais rien, dit Piper, les yeux toujours rivés sur le grimoire. « Et il s'attribua lui-même le nom et le pouvoir de *Tauschung* », lut-elle à voix haute. C'est tout ce que dit le livre.

— Eh bien ! C'est aussi clair que de la vase ! commenta Paige.

— En réalité, intervint Léo, ce n'est pas aussi obscur que ça. Le nom de démon de Gerrard, *Tauschung*, signifie « illusion ».

— Alors il a pris le nom et le pouvoir de l'illusion ? demanda Piper.

— C'est exact, acquiesça Léo. Le pouvoir de *Tauschung* est la capacité d'épouser n'importe quelle forme. Je ne pense pas qu'il ait tenté de prendre d'autres apparences que celles d'humains masculins, mais il peut adopter tous les visages qu'il veut. Il peut ressembler à n'importe qui.

— Tu veux dire qu'il peut ressembler à l'un d'entre vous ? demanda Paige en regardant tour à tour Léo et Cole comme si elle s'attendait à ce qu'ils se métamorphosent là, devant elle.

— Il le pourrait, répondit Cole d'une voix sombre. Mais il ne le ferait pas. Ce n'est pas son style de copier quelqu'un d'autre. Les visages de *Tauschung* sont toujours adaptés à chacune de ses victimes. Le visage utilisé correspond aux désirs de sa proie, même si elle n'en est pas vraiment consciente. Ensuite, une fois qu'elle s'implique un peu, il la trahit tout comme lui-même a été trahi. C'est ainsi qu'il se venge, je suppose.

— *Les âmes pour le maître, les victimes pour ses serviteurs*, lut Piper dans le *Livre des Ombres*. Bon, maintenant, je crois qu'on sait comment ça fonctionne. Le Pouvoir des Ténèbres récupère les âmes des victimes de *Tauschung* et lui obtient en échange de continuer ses petites expériences.

— C'est bien ça, admit Cole.

— Eh bien, j'ai comme l'impression qu'il y a un

point faible dans tout ça ! s'exclama Piper en commençant à s'exciter. En fait, il y en a même deux. Si j'ai bien compris, ce *Tauschung* n'est pas un démon. C'est un mortel sur-gonflé par le Pouvoir des Ténèbres. Qu'arriverait-il si *Tauschung* ne réussissait pas à livrer d'âme à son maître ? Cela ne voudrait-il pas dire qu'il n'a pas rempli sa part du contrat ? Le Pouvoir des Ténèbres pourrait alors le laisser tomber. Mettre fin à ses pouvoirs et à sa vie.

— En théorie, je pense que tu as raison, admit Cole. Ceci dit, *Tauschung* a toujours réussi à livrer ses âmes à temps, pour l'instant.

— Parce qu'il n'a encore jamais eu affaire à une Charmed, pas vrai ? suggéra Piper.

— Pas une, mais trois ! renchérit Paige. Sans parler des pièces rapportées qui nous servent de renfort.

— Tu as parfaitement raison, sœurette ! dit Piper en la prenant dans ses bras pour un bref câlin. Tout ce qu'il nous manque maintenant, c'est un bon plan d'attaque.

— Je n'ai toujours pas compris ce que Phoebe pouvait trouver à ce brave plouc nourri au maïs.

— Vu sous cet angle, rien. Mais son visage était tout le contraire de celui de Cole.

— D'accord, je crois commencer à comprendre comment ça fonctionne. Cole a un côté beau ténébreux plein de mystère, pas vrai ? Alors, pour séduire Phoebe, *Tauschung* a choisi le visage de quelqu'un qui n'a rien à cacher…

— Alors qu'en fait c'est tout le contraire, continua Piper. Et particulièrement un monstre mille fois pire que ne l'a jamais été Balthazar.

— Carrément diabolique, ajouta Paige. Comment est-ce que Phoebe a pu tomber sur ce type ?

Cole prit une longue inspiration.

— Ils ont dîné ensemble hier soir.

Paige et Piper le considérèrent avec étonnement.

— Quoi ?

— Hier soir, Phoebe et moi étions censés dîner en amoureux *Chez Richard*, vous vous souvenez ?

— Ah oui, dit doucement Paige en coulant un regard de biais à Piper.

— J'ai été retenu au bureau et je n'ai pas pu la rejoindre, continua Cole. Phoebe m'a dit qu'elle avait essayé de vous contacter, mais aucune de vous deux ne voulait venir. Vous préfériez rester à la maison.

Piper ferma les yeux comme si elle luttait contre une profonde douleur. Léo s'approcha d'elle.

— Piper ? demanda-t-il doucement.

— C'est vrai, répondit Piper eu ouvrant les yeux. C'est ce qu'on lui a dit.

— Soit. Apparemment, notre copain *Tauschung* se trouvait au restaurant, continua Cole. Quand j'ai finalement pu me libérer et que je suis arrivé là-bas, Phoebe et lui dînaient tranquillement ensemble. Bien sûr, je ne l'avais pas reconnu, sur le moment. Je croyais qu'elle sortait avec un type lambda.

Paige fit une grimace.

— Je peux très bien imaginer comment cela s'est passé, murmura-t-elle.

— Ce qui devait arriver arriva, admit Cole avec un sourire forcé. J'avoue que je n'ai pas géré la situation au mieux.

— Donc, si Piper et moi étions venues dîner quand

elle nous a appelées, rien de cela ne serait arrivé, conclut Paige.

— Non, si *moi* j'étais allé dîner avec elle, rien ne se serait passé, la contra Cole.

— Peut-être pas tout de suite, intervint Léo pour mettre fin à la surenchère de culpabilité. Mais cela aurait de toute façon fini par arriver un jour ou l'autre. *Tauschung* ne se serait pas contenté d'abandonner.

— Il s'en est pris à Phoebe pour une raison bien précise. Si le coup du restaurant n'avait pas réussi, il aurait trouvé un autre moyen de la rencontrer seule. Battre sa coulpe sur ce qui s'est passé ne nous avancera pas et ne nous ramènera pas Phoebe.

— Mais pourquoi s'intéressait-il à elle ? demanda Paige. Si Cole est la véritable cible, pourquoi ne pas s'attaquer à lui directement ?

— C'est un peu ce qu'ils ont fait jusqu'à maintenant, remarqua Cole. Et cela ne les a pas beaucoup avancés. De toute évidence, c'est une nouvelle tactique, appelée à obtenir une chose bien précise.

— Quoi ?

— Me faire venir à eux, dit simplement Cole. Ils me veulent ? Eh bien, ils vont m'avoir ! Je vais partir pour le Monde des Ténèbres et ramener Phoebe à la maison.

CHAPITRE 10

— Oh, que non ! protesta immédiatement Piper. Pas tout seul, en tout cas.

— Ils veulent que je vienne seul et c'est ce que je vais faire. J'ai déjà fait une bêtise qui leur a permis de mettre la main sur Phoebe, alors je ne vais pas compromettre la seule chance qui me reste de la sauver.

Tournant les talons, il descendit au rez-de-chaussée, suivi par les autres.

— Mais tu ne peux tout de même pas leur donner tout ce qu'ils veulent ! s'indigna Piper. En jouant leur jeu, tu vas tomber dans leur piège.

Puis, se tournant soudain vers Léo et Paige, elle ajouta :

— Est-ce que quelqu'un pourrait m'aider ? J'ai l'impression de jouer un flic dans un feuilleton minable des années soixante !

Cole continua à descendre, dévorant les marches de ses longues jambes. Il atteignit le rez-de-chaussée et fut à la porte d'entrée en quelques enjambées.

— Écoutez, nous avons déjà compris que Phoebe n'était pas leur cible principale. C'est moi que *Tauschung* et son maître veulent réellement. Ce qui veut dire que le meilleur moyen de récupérer Phoebe est de me rendre, ou du moins de le leur faire croire. S'ils ont l'impression de tenir toutes les cartes, ils seront si sûrs d'eux qu'ils finiront par commettre une erreur.

— Si tu suis Phoebe dans le Monde des Ténèbres, il n'y aura pas d'erreur à commettre car ils tiendront effectivement toutes les cartes, s'écria Piper en se précipitant vers la porte pour lui barrer le passage.

— Elle n'a pas tort, déclara calmement Léo.

Cole se tourna vers lui.

— Et que suggères-tu comme solution ? demanda-t-il. Que je te laisse y aller à ma place ? Est-ce que tu as la moindre idée de ce qui t'attendrait là en bas ? Avec quel plaisir tout ce petit monde diabolique enfoncerait ses crocs et ses ongles dans un Etre de Lumière ?

— Je m'en doute ! répondit Léo avec assurance. Mais ce n'est pas une raison pour refuser que je t'accompagne.

— C'est hors de question ! J'y vais tout seul, un point c'est tout.

— Sûrement pas, Cole ! objecta Paige d'un ton tellement sérieux que tous en furent étonnés. Phoebe t'aime et tu fais donc partie de la famille. Il n'est pas question que tu y ailles tout seul. Que tu le veuilles ou non, nous sommes tous impliqués dans cette affaire. Cesse de penser comme un démon et raisonne comme un humain, bon sang !

Cole ouvrit la bouche pour répliquer vertement, puis se ravisa. L'étendue de la compassion, de la générosité humaine n'avait jamais cessé de le surprendre. Pour la première fois depuis qu'il avait appris la disparition de Phoebe, Cole ressentit une vague d'espoir.

— Très bien, tu marques un point. Et ce n'est pas que je n'apprécie pas ton offre, Léo. Mais je ne peux pas te laisser y aller et je crois que nous savons tous deux pourquoi c'est impossible.

Il croisa les yeux de son ami en silence. Léo et lui se regardaient rarement dans les yeux, aussi bien littéralement qu'au figuré. Leurs passés étaient tout simplement trop différents. Mais les propos de Paige avaient mis l'accent sur ce que les deux hommes avaient en commun : les femmes qu'ils aimaient. Ce qui voulait dire qu'ils partageaient un désir et une volonté de les protéger, non seulement parce qu'ils les aimaient, mais parce qu'elles étaient les Charmed.

— Réfléchissons à tout cela de manière strictement rationnelle, continua Cole en se tournant vers Piper pour l'inclure dans la conversation. Laissons mes sentiments pour Phoebe de côté.

Même si Cole ressentait l'urgence du moment comme un aiguillon dans sa chair, il avait appris de son expérience de la veille qu'il ne servait à rien de s'emporter. Son comportement au restaurant avait provoqué un désastre. *C'est moi qui ai causé cette catastrophe, c'est à moi de réparer*.

Mais peut-être Paige avait-elle raison. Peut-être n'était-il pas nécessaire de le faire tout seul.

Cole fit un signe aux autres de l'accompagner dans

le salon. Il attendit que tout le monde soit installé pour prendre la parole.

— Nous sommes tous d'accord pour admettre que celui qui entreprendra la mission de secours devra faire face à des risques terribles.

— Nous sommes tous d'accord, acquiesça Piper.

— Dans ce cas, il me semble que celle ou celui qui pénétrera le Monde des Ténèbres devra être choisi selon certains critères, insista Cole. Particulièrement s'il ne peut compter…

— Ou… si elle…, murmura Piper.

— Ou si elle, rectifia Cole, ne peut compter sur aucune aide. Primo : le sauveteur devra être aussi familier que possible du territoire ennemi. Secundo : même si nous préférerions ne pas l'admettre, notre envoyé ne peut être quelqu'un d'indispensable. Je suis le seul à répondre à ces deux critères.

Il y eut un silence.

— Tu es indispensable, Cole ! dit finalement Piper. Phoebe t'aime.

— Je sais. Mais tu comprends très bien ce que je veux dire, Piper. Paige voulait que je pense comme un humain et c'est ce que je fais. Le monde ne peut se permettre de perdre un Etre de Lumière, quel que soit l'amour que Phoebe et moi partageons. Tout comme il ne peut pas se passer du Pouvoir des Trois. Ce qui veut dire que c'est moi qui dois me rendre dans le Monde des Ténèbres, quelles qu'en soient les conséquences pour moi. Même si le fait de s'y rendre correspond exactement à ce que veulent ces monstres abjects. Le problème est plus vaste et ne se limite pas uniquement à Phoebe et à moi.

— Cole a raison, fit calmement remarquer Paige. C'est déjà assez grave que ces satanés démons aient mis leurs sales pattes sur Phoebe. On ne peut pas prendre le risque de les laisser également prendre Léo… Ou même l'une d'entre nous deux, ajouta-t-elle en se tournant vers sa sœur.

— Alors c'est tout décidé, conclut Cole. C'est moi qui y vais.

— D'accord, alors c'est décidé ! convint Piper en baissant les bras comme si elle venait de renoncer à se battre. Mais avant cela, il y a autre chose que nous devons mettre au point.

— Et quoi donc ? demanda Cole.

— Ce que nous autres allons pouvoir faire pour te protéger au maximum.

Quinze minutes plus tard, ils passaient en revue les détails de l'opération, même si le plan était succinct.

— Bon, alors on est tous d'accord là-dessus ? demanda Cole.

Paige, Piper et Léo hochèrent gravement la tête.

— Première étape : Je descends dans le Monde des Ténèbres et je me mets à la recherche de Phoebe, continua Cole.

— Deuxième étape : Je me sers du sortilège de localisation afin que nous puissions tous garder un œil sur toi, ajouta Piper. Mais je pense que tu devrais me permettre d'en profiter pour essayer de localiser Phoebe. Cela pourrait peut-être te donner une piste.

— Et comment me transmettrais-tu les renseignements ? demanda Cole, dubitatif. Non, non, je me débrouillerai.

— Mais... commença Piper.

— Piper ! s'impatienta Léo, Cole a raison et tu le sais très bien. Accomplir un sortilège de localisation destiné au Monde des Ténèbres est à la fois dangereux et terriblement puissant. Laisse à Cole le soin de se concentrer pour la retrouver.

— Mais... objecta encore Piper.

Cole la prit par les épaules :

— Écoute-moi, Piper. Tu veux que je pense comme un mortel ? C'est ce que je fais. Et j'ai même une intuition de mortel. *Tauschung* a choisi ses pouvoirs parce qu'il a été trahi. Et plus particulièrement trahi par la femme qu'il aimait. J'ai le sentiment qu'il veut que je retrouve Phoebe. Quel que soit le sort que m'a réservé son Maître, je parie que *Tauschung* a son propre projet en ce qui me concerne. Et ce projet, nous pourrions peut-être nous en servir à notre avantage.

— Et puis, intervint Paige, le sortilège de localisation pour les tribulations de Cole doit être extrêmement puissant. Il faut absolument qu'on sache où il se trouve, sinon nous ne pourrons pas intervenir pour le secourir en cas de pépin.

— Bon, bon, d'accord, céda Piper d'un ton boudeur. Mais je ne trouve pas ça génial.

— Il faut toujours qu'elle ait le dernier mot, plaisanta Cole, malgré la gravité de la situation.

Léo haussa les épaules, résigné.

— À qui le dis-tu !

— Donc toi, tu vas dans le Monde des Ténèbres et tu trouves Phoebe, dit Paige. Et nous, nous saurons exactement à quel moment tu l'auras retrouvée grâce à l'excellent sortilège de localisation de Piper. Ensuite, une fois que vous serez ensemble, je me téléporte auprès de vous et je vous ramène par le même moyen.

— C'est ça, acquiesça Cole. Mais je pense que c'est beaucoup plus facile à dire qu'à faire !

— Et comment vas-tu aller dans le Monde des Ténèbres ? demanda Piper.

Cole sourit.

— Je vais me servir de ça pour appeler mon guide, dit-il en montrant le pipeau. Et de ça pour lui payer ma traversée, ajouta-t-il en montrant une pièce d'or.

— C'est pour Charon, le passeur, expliqua Léo.

— Mais je croyais que c'était seulement un mythe, protesta Paige. Un mythe grec, n'est-ce pas ?

— Même un mythe doit avoir une origine et les Grecs n'étaient pas très loin de la vérité, répondit Cole. Mais comme les passagers habituels de Charon n'appartiennent plus au monde des vivants, je ne pense pas pouvoir l'appeler d'ici.

— Et d'où, alors ? s'enquit Paige.

— Du cimetière le plus proche, répondit Cole en ôtant l'un de ses boutons de manchette. Tiens, le canal pour le sortilège de localisation sera plus fort si tu utilises quelque chose qui m'appartient, dit-il en le tendant à Piper. Je l'ai porté toute la journée, la connexion devrait donc être bonne. En plus de cela, c'est Phoebe qui me les a offerts.

— Parfait, dit Piper.

— Donne-moi un quart d'heure pour aller jusqu'au cimetière et appeler Charon, ensuite tu pourras lancer tes incantations pour le sortilège de localisation. Je ne sais pas ce que sera mon comité d'accueil, là en bas. Donc, quelles que soient les images que vous recevrez, essayez de garder espoir.

— C'est promis, dit Piper avec un grand sérieux. Cole ?

— Oui ?

Il sentit immédiatement les bras de Paige et de Piper lui entourer le cou et faillit perdre l'équilibre. Léo le stabilisa d'une main ferme qu'il garda un instant sur son épaule.

La famille, pensa Cole. S'il y avait une chose que les événements de la journée lui avaient déjà appris, c'était qu'il n'était pas possible de renier ce lien puissant. Il sentit une nouvelle force se développer en lui, une force qu'il n'avait encore jamais ressentie. *Voilà ce que j'ai choisi, ce que je veux*, pensa-t-il. Cette certitude était ancrée au plus profond de lui-même.

Il était certes beaucoup moins fort qu'à l'époque où il était encore un démon. Mais cela ne voulait pas dire qu'il était faible. Il était humain. Il n'était pas seul. Même dans le Monde des Ténèbres, les siens seraient toujours avec lui, et pas seulement à cause du sortilège de localisation de Piper. Il les porterait avec lui, dans son cœur. Dans ses espoirs pour l'avenir.

Une chose qu'aucun démon ne pourrait jamais comprendre, parce que c'était une chose dont aucun démon n'était capable.

— Bonne chance, dit Léo quand tous se détachèrent de Cole. On t'attend de pied ferme.

Cole se retourna et lui prit la main.

— Je serai de retour en un rien de temps, promit-il.

Gare à toi, Tauschung ! pensa-t-il en se dirigeant vers la porte. *Je suis peut-être humain, mais je suis beaucoup plus fort que tu ne l'imagines !*

CHAPITRE 11

Phoebe reprit connaissance avec une terrible migraine et un goût amer dans le palais. Une étrange lumière rouge traversait ses paupières closes.

Tiens, tiens, pensa-t-elle. La lumière du jour à San Francisco peut avoir bien des couleurs mais rouge, certainement pas ! En fait, le rouge lui rappelait indubitablement…

Phoebe ouvrit les yeux en grand, ce qui n'arrangea pas sa migraine. Ignorant la douleur, elle jeta un premier coup d'œil sur son environnement et se sentit rassurée. A priori, elle ne se trouvait pas dans la proximité des flammes d'un lieu dont elle préférait ne pas prononcer le nom. En revanche, la pièce qui l'entourait était décorée avec beaucoup de recherche. En face d'elle se dressaient plusieurs candélabres devant un rideau imposant de velours vermillon. C'était sans doute cette combinaison de rouge et de lumière qui avait produit cette étrange impression.

Avec moult précautions, Phoebe se redressa. Mais

que se passait-il ? Elle était allongée sur ce qui ressemblait fort à un divan de psychanalyste. Apparemment, quelqu'un estimait nécessaire d'examiner le fonctionnement de son moi intérieur.

— Ah, tu es réveillée, je vois ! dit une voix qu'elle reconnut.

Phoebe tourna la tête. Juste derrière elle, installé dans un fauteuil à dossier haut brodé de fil d'argent, Phoebe reconnut la dernière personne qu'elle se souvenait avoir vue avant que les lumières ne s'éteignent.

— Nick ! s'exclama-t-elle.

— Hello, Phoebe.

Le ton de sa voix était agréable et reflétait même une certaine autosatisfaction. Il se leva et déplaça son fauteuil pour le placer devant le rideau afin que Phoebe n'ait pas besoin de se tordre le cou pour le voir.

— J'espère que tu n'as pas trop d'effets secondaires dus à notre petit voyage, ajouta-t-il en s'asseyant.

Nick ne se comportait pas comme un homme sur le qui-vive, mais plutôt avec une certaine assurance. Ce qui pouvait signifier une seule chose : Nick savait ce qui se passait, en était peut-être même l'instigateur.

Avec quelque retard, les sonnettes d'alarme tintèrent dans l'esprit de Phoebe. *Pour une Charmed, ça se pose là !* pensa-t-elle. *Comment se fait-il que mon système d'alarme n'ait pas fonctionné vingt-quatre heures plus tôt ?*

Phoebe pouvait sentir les yeux d'un vert insolite rivés sur son visage. Il la regardait avec une telle intensité qu'elle avait l'impression d'être un insecte sous un microscope. *Il attend de voir comment je vais réagir*, pensa-t-elle.

Hurler au secours était assez tentant. Mais Phoebe n'avait nullement envie de se laisser aller. D'abord, cela ne servirait sans doute à rien. Et puis, cela révélerait à Nick combien elle était effrayée. Autant laisser la balle dans son camp. Il voulait la regarder ? Qu'il ne se gêne pas ! Cela donnerait à Phoebe l'occasion d'inspecter un peu les lieux.

La première chose qu'elle remarqua était que Nick avait changé de vêtements. Il ne portait plus le jean et le polo qu'elle lui connaissait. D'ailleurs, elle ignorait le nom des habits qu'il arborait maintenant. En tout cas, il semblait sortir tout droit de l'un de ces tableaux historiques qu'on peut voir dans les musées.

Une culotte en velours de soie laissait voir des bas richement brodés. Il était chaussé de souliers de cuir souple à boucle dorée et arborait avec une certaine nonchalance une chemise extrêmement sophistiquée avec un grand jabot de dentelle qui tombait en cascade moussue sur sa poitrine. Une veste ajustée épousait ses épaules carrées.

Seuls ses cheveux étaient toujours les mêmes, mais cette fois ils étaient retenus en catogan par un ruban de soie noire.

Il ressemble à un aristocrate de l'Ancien Régime, pensa Phoebe.

Son allure aurait pu être ridicule, mais ne l'était pas. Nick avait au contraire une incroyable prestance et il émanait de lui beaucoup de pouvoir, de confiance en soi. C'était comme si cette apparence lui était naturelle, comme si son aspect contemporain avait été un déguisement.

Phoebe prit immédiatement une décision : ne jamais montrer sa peur. De deux choses l'une : ou Nick était un cinglé possédant une remarquable collection de costumes ou bien elle se trouvait dans de sales draps, surnaturels de surcroît !

— Alors ? demanda-t-elle en passant les jambes sur le côté du divan de psychanalyste, ce qui lui donna le vertige.

Son estomac aussi lui jouait des tours et Phoebe jugea plus opportun d'analyser toutes ces sensations désagréables. Mieux valait prendre très vite la mesure de ses limites afin de pouvoir les surpasser. Une Charmed ne savait jamais quand elle aurait besoin de se battre.

Ou de s'enfuir.

— Devons-nous porter un déguisement pour récupérer ta voiture à la fourrière ? demanda-t-elle sur un ton joyeux. J'espère que le mien sera aussi joli que le tien !

Nick éclata de rire.

— Oh, Phoebe, je m'amuse encore plus que je ne le pensais ! Je ne m'intéressais qu'au but final, tu vois. Je n'imaginais pas que ce serait aussi drôle.

— Tu trouves ça drôle de kidnapper une femme ? demanda Phoebe en essayant de ne pas trop penser à ce que pouvait être ce but final qu'il venait de mentionner.

— Mais je ne t'ai pas kidnappée ! Tu disais que tu m'emmènerais où je voudrais. Il se trouve que je voulais venir ici et pas à la fourrière. Je n'ai jamais eu l'intention de m'y rendre, tu sais.

— Je commence à m'en rendre compte, merci. Bon, je donne ma langue au chat. Où sommes-nous ?

— À la maison, répondit simplement Nick Gerrard. Dans ma maison, pour être précis. Bien sûr, ce n'est qu'une imitation du château des Gerrard. Il était dans la famille depuis des générations avant que ces imbéciles de révolutionnaires, ces porcs, l'aient entièrement brûlé.

Le nom de Gerrard, la révolution... il doit être français, pensa Phoebe. Ainsi, le style de Nick remontait à la révolution ou juste avant. Elle ignorait en quoi cette précision allait lui servir, mais il y avait une chose qu'elle avait appris depuis qu'elle était devenue une Charmed : la moindre bribe de renseignement pouvait être utile.

— C'est magnifique, tu ne trouves pas ? demanda Nick en montrant la pièce d'un geste ample.

À la surprise de Phoebe, il avait vraiment l'air de s'inquiéter de son avis. Cette pièce, d'ailleurs, ressemblait un peu aux décors luxueux photographiés dans les magazines glamour sur les gens riches et célèbres. Pas vraiment son style. Elle préférait nettement l'intimité un peu bohème du salon du manoir Halliwell.

— Nous sommes donc en France ? demanda-t-elle en espérant glaner d'autres renseignements.

— Pas exactement. Mon... maître préfère que ma résidence principale se trouve près de lui.

Ah, voilà qui devient intéressant ! L'hésitation sur le mot maître ne lui avait pas échappé. Une hésitation qui lui avait donné froid dans le dos. Apparemment, son enlèvement n'était pas dû au hasard.

Nick savait certainement qu'elle était une des Charmed.

Phoebe décida qu'il était temps de se lever tout à fait et constata avec soulagement que sa migraine s'était atténuée. Elle n'était pas encore assez en forme pour se battre, mais ce n'était plus qu'une question de temps. Temps qu'elle allait utiliser au mieux pour en savoir plus.

— Ton maître, hein ? Remarque, ça ne m'étonne pas ! Tu ressembles davantage à un valet qu'à un maître. Alors, qui tire les ficelles, Nick ? Quelqu'un que je connais ?

— Personne ne me donne des ordres ! hurla-t-il, le visage écarlate. Personne ne donne des ordres à un Gerrard !

Il ricana et retourna s'installer dans son fauteuil, les jambes tendues devant lui, parfaitement à l'aise.

— Bravo ! Joli coup ! C'était bien vu de ta part ! Très bien vu ! Mais tu ne gagnes pas la bataille pour autant, Phoebe. Et tu es toute seule. Tes sœurs ne peuvent pas t'aider, ici. En es-tu consciente ?

Bon, ça a le mérite d'être clair ! pensa Phoebe en s'efforçant de ne pas montrer sa déception. Elle était donc ici parce qu'elle était une Charmed. Non seulement cela, mais elle était maintenant presque certaine de l'endroit où elle se trouvait. Il n'y en avait pas beaucoup où ses sœurs ne pouvaient pas lui venir en aide.

Le Monde des Ténèbres en était un.

— Pourquoi m'avoir choisie, moi, et non Piper ou Paige ?

— Elles n'ont pas ce que je veux. Toi, si !

Phoebe sentit un frisson glacial parcourir son dos. Elle avait tellement l'habitude d'être une cible qu'elle avait complètement oublié qu'elle pouvait aussi jouer le rôle d'appât.

— Cole, dit-elle. C'est lui que tu veux vraiment. Une boule d'énergie à travers sa poitrine ne faisait pas l'affaire, n'est-ce pas ? Tu voulais essayer une approche un peu plus vicieuse.

— Je dirais plutôt une approche plus humaine. C'est ce qu'il est devenu, n'est-ce pas ? C'est tout ce qu'il est. *Un misérable humain.*

Phoebe sentit de la dérision dans la voix de Nick. Elle s'efforça de ne pas laisser sa peur pour Cole envahir son esprit. Le comportement de Nick lui donnait un indice. Un indice important. Il fallait qu'elle reste concentrée pour en découvrir la signification.

— Il l'a fait pour toi, pas vrai ? continua Nick. Il a renoncé à ses pouvoirs. Il s'est rendu faible. Et malgré cela, il tentera de venir à ton secours. Dis-moi, Phoebe, s'il échoue, s'il est détruit devant tes propres yeux, te sentiras-tu responsable ?

— Non, murmura Phoebe en perdant pied un instant.

— Non, tu ne te croiras pas responsable… ou non, tu ne penses pas qu'il échouera ? Cela dit, ça ne présente aucune différence, bien sûr !

Phoebe plongea son regard dans le visage de Nick, ouvert et juvénile, un tel contraste avec l'homme qu'elle aimait.

— Pourquoi fais-tu ça ? Et ne me dis pas que c'est

la volonté de ton maître ! Il y a une autre raison, une raison plus personnelle. De quoi s'agit-il ? Je veux le savoir.

— C'est pour lui donner une leçon ! lança Nick Gerrard.

Sans crier gare, il sauta de son fauteuil et commença à arpenter la pièce, ses talons martelant le sol de pierre dans un bruit sec de coups de feu.

— Pour lui montrer la vérité en face avant que mon maître le prive de sa misérable vie ! ajouta-t-il sur un ton rageur.

J'ai touché un point sensible, on dirait ! pensa Phoebe. *Dommage que je ne sache pas encore lequel !*

— Et quelle est cette vérité, Nick ?

Il fallait qu'elle le fasse parler. Ce qu'elle allait apprendre de lui pouvait non seulement sauver la vie de Cole, mais également la sienne, ce qui n'était tout de même pas négligeable.

— N'est-ce pas évident ? L'amour est un mensonge. Cole possédait tout quand il était un démon. Tout. Et contre quoi l'a-t-il échangé ? Rien. L'amour n'existe pas.

— Ce n'est pas vrai, protesta Phoebe. Tu te trompes.

Nick éclata d'un rire amer, lourd de chagrin. En était-il conscient ?

— Ne sois pas naïve ! Bien sûr que l'amour est un mensonge ! Crois-tu que je ne sais pas reconnaître une illusion quand j'en vois une ? Mais en fait, tu ne me connais pas encore vraiment, n'est-ce pas ? Tu continues à m'appeler Nick, mais c'est juste mon autre apparence. Jadis, j'étais un humain nommé Nicolas

Gerrard. Mais maintenant, je suis tellement plus. Et je dois tout cela à l'amour.

Nick fit une profonde révérence.

— Permettez-moi, gente demoiselle, de me présenter, dit-il. Je suis *Tauschung*, je suis l'Illusion même. Rien de ce qui concerne les mensonges, l'illusion, ne m'est inconnu. C'est ainsi que je sais que l'amour n'est que cela. Et tu vas m'aider à le prouver, Phoebe. Ta trahison est la dernière chose que Cole expérimentera avant de mourir.

CHAPITRE 12

Piper se frotta les mains avec une impatience nerveuse.

— Bon, nous avons tout ce qu'il nous faut. On est prêts, d'accord ?

— D'accord, affirma Paige.

— Tout à fait d'accord ! acquiesça Léo.

Tous deux hochèrent solennellement la tête et firent un pas en avant vers la table du grenier sur laquelle Piper avait disposé les ingrédients nécessaires pour jeter le sortilège de localisation. Il n'y avait pas de raison particulière pour accomplir ce rite dans le grenier, mais c'était l'endroit préféré de Piper quand elle s'adonnait aux sciences occultes. Surtout si elle tentait quelque chose qu'elle n'avait jamais essayé auparavant.

Le *Livre des Ombres* restait toujours dans le grenier car cela permettait à Piper de se sentir plus proche de ses racines en tant que sorcière, mais aussi parce que cet endroit était comme un cocon bien fermé et protégé. Elle ne pouvait pas se permettre d'être interrompue au beau milieu du sortilège de localisation le plus important de sa vie. Les marchands ambulants faisaient souvent du porte à porte dans le quartier et une sonnerie intempestive aurait provoqué une véritable catastrophe.

Pour ce genre de sortilège, Piper avait toujours cherché des informations concernant les démons de ce côté-ci du monde, ce monde qu'elle habitait avec ses sœurs et son mari. Pour ce faire, elle utilisait souvent des plans de la ville. Mais Cole n'était plus un démon et voyagerait en des lieux inscrits sur aucune carte, Piper avait donc décidé de faire appel à une approche beaucoup plus… primaire.

— Bon, dit-elle en prenant une longue inspiration. Cole devrait être arrivé au cimetière, maintenant. Je pense qu'il est temps de se lancer. Plus vite on commencera, plus vite Cole et Phoebe seront de retour à la maison.

— Absolument, approuva Paige.

— Bon, alors on y va !

Elle grimpa sur la table et se plaça instinctivement bien au centre, Léo et Paige se postèrent de part et d'autre. Des deux mains, elle leva la jatte en céramique dont elle se servait pour faire monter la pâte à pain. Elle appartenait jadis à Gram qui l'avait ramenée de la côte Est. Provenant d'un atelier de poterie très ancien, elle était faite avec la glaise très riche du Vermont.

J'espère que ça va marcher, pensa-t-elle.

Pour établir une solide liaison avec l'autre monde, Piper avait décidé de faire appel aux quatre éléments dans son incantation. Ils étaient présents partout, même dans le Monde des Ténèbres. Même le Mal avait besoin d'eux pour exister. Les éléments étaient l'essence même de l'existence. La jatte symbolisait le premier élément auquel elle allait faire appel.

— Terre ! dit-elle d'une voix forte.

Puis elle la posa au milieu de la table.

— Eau ! cria-t-elle.

À côté d'elle, Léo y versa de l'eau minérale et limpide.

Si les gens qui mettent l'Evian en bouteilles savaient… pensa-t-elle.

— Feu !

Puis Paige fit craquer une allumette pour allumer une longue chandelle d'un blanc immaculé. Une odeur sulfureuse vint titiller l'odorat de Piper, mais elle constata avec satisfaction que la flamme était droite et pure.

Maintenant, il ne restait plus qu'un élément.

— Air ! appela Piper.

Ensemble, Paige et elle se penchèrent au-dessus de la jatte et soufflèrent doucement à la surface de l'eau, provoquant de petites vagues concentriques. Piper commença à ressentir une pression gonfler derrière ses yeux. L'arrière de la nuque se mit à chatouiller comme à l'approche d'un orage. L'atmosphère du grenier devint chaude et dense.

C'est alors que Piper répéta son incantation, tissant chacun des quatre éléments dans les paroles de son sortilège :

Terre, Eau, Feu, Air,
Venez m'aider en cette tâche funèbre
À trouver Cole dans le Monde des Ténèbres.

Comme elles en avaient convenu, à l'instant précis où Piper cessa de parler, Paige plongea la chandelle allumée dans l'eau tandis que Piper laissait tomber les boutons de manchette de Cole dans la jatte. Il y eut un bref sifflement quand la flamme de la bougie s'éteignit et une légère spirale de fumée s'éleva.

Puis la surface de l'eau devint d'un noir d'encre et s'agita comme un lac soumis à une puissante tempête. La table se mit à vibrer, rappelant à Piper les effets spéciaux d'un film d'horreur. L'air autour d'eux devint encore plus dense, plus oppressant, et elle put sentir des gouttes de sueur perler entre ses omoplates.

Alors, aussi rapidement que cela avait commencé, le calme s'installa et la surface de l'eau dans la jatte redevint plane et transparente. Piper se pencha pour en sonder le fond, mais son propre reflet vint à sa rencontre.

Rien, pensa-t-elle avec désespoir.

Elle leva les yeux vers Léo.

— Continue à regarder, lui conseilla-t-il d'une voix sourde.

Piper fixa de nouveau son attention sur l'eau. Pendant le bref moment où elle avait détourné les yeux, la substance même de l'eau s'était altérée et donnait l'illusion de formes en mouvement. Toujours fluide, on aurait dit qu'elle était composée de couches diverses. Piper n'aurait su dire combien il y en avait. Des images flottaient au fond, d'abord très floues, puis de plus en plus distinctes, comme si elles fusionnaient littéralement devant les yeux ébahis de Piper.

J'ai réussi ! pensa-t-elle. *Ça marche !*

Brusquement, les images apparurent avec une précision parfaite, comme si une main cosmique venait juste de faire le point.

— Le voilà ! Je peux voir Cole ! s'écria Paige.

Cole se tenait dans le cimetière à côté d'un tombeau, le pipeau à la main. Il ne s'était jamais senti aussi ridicule de sa vie.

Peut-être cette humiliation faisait-elle partie du plan de *Tauschung*. Il était assez difficile de se prendre au sérieux en invoquant un guide pour le Monde des Ténèbres avec un instrument aussi minable, alors qu'il aurait été bien plus valorisant de se servir d'une trompette ou d'un gong. S'il voulait donner un côté épique à sa quête, c'était bel et bien raté !

Laisse tomber ! se dit Cole. *Le moment est mal choisi pour cultiver une image de héros !*

Il porta le pipeau à la bouche et, soufflant de toutes ses forces, en tira un son suraigu.

Le bruit effraya un attroupement de corbeaux qui s'envolèrent vers le ciel en croassant. Le bruissement de leurs ailes et les cris rauques de ces oiseaux lugubres perturba quelque temps le silence oppressant du cimetière.

Quand le ciel fut dégagé, Cole n'était plus seul.

Devant lui se tenait le plus vieil homme qu'il eût jamais vu. Il semblait tellement âgé que même Cole, qui avait pourtant déjà bien roulé sa bosse, n'osa pas deviner son âge exact. Il portait une tunique tissée à la main, un épais pantalon et des sandales. Il avait le dos courbé et les mains noueuses, comme si elles avaient agrippé une paire de rames pendant toute une éternité.

C'était Charon, le passeur dont la mission était de transporter les âmes des défunts vers le Royaume des morts. Dans son visage ridé comme une vieille pomme brillaient des yeux aussi vifs et brillants que ceux d'un jeune homme de vingt ans. Il regarda avidement autour de lui, puis s'arrêta sur Cole.

— Cela fait des siècles que je n'ai pas mis les pieds au royaume des vivants, dit-il d'une voix aussi sèche que de la poussière de craie. Et où est-ce que je débarque ? Dans un cimetière !

Cole dut se retenir pour ne pas laisser échapper un rire nerveux. Apparemment, cet être avait le sens de l'humour. Dommage que le moment soit mal choisi pour apprécier ce genre de plaisanterie.

— Désolé, c'est probablement ma faute. Je pensais qu'ici vous vous sentiriez plus à l'aise.

Les sourcils de Charon bougèrent de manière presque comique.

— D'habitude, tout ce que je vois, ce sont des morts. Un peu de variété n'aurait pas été pour me déplaire. Bien sûr, d'après ce que je constate, ce n'est pas encore ton cas. Pour l'instant, tu es toujours vivant. Tu dois donc être quelqu'un d'important. Quelles sont tes intentions ?

— Ma fiancée est dans le Monde des Ténèbres et je viens pour la secourir. Je vais là-bas pour l'en sortir.

Charon secoua la tête.

— Le complexe d'Orphée, hein ? Tu as l'air d'un brave garçon. Je suppose qu'il est inutile de te rappeler que même Orphée n'a pas réussi ce que tu te proposes de faire.

— Quand je quitterai le Monde des Ténèbres, je ne regarderai pas en arrière, Ça, vous pouvez en être sûr ! Et puis, je ne suis pas le seul à être encore vivant. Phoebe l'est également. Elle est retenue contre son gré.

— Ah, bon ! Alors c'est différent. Cela ne veut néanmoins pas dire que cela augmentera tes chances de réussir. Une fois que quelqu'un, vivant ou mort, a pénétré dans le Monde des Ténèbres, il est très difficile d'en ressortir. À moins, bien sûr, d'être un démon. Ces zigotos entrent et sortent comme dans un moulin.

— Je sais tout cela, répondit Cole en essayant de rester patient.

Il était impensable de se faire un ennemi du guide qui était son seul moyen d'accès vers Phoebe.

Charon hocha la tête d'un air entendu et jeta un regard perçant à Cole.

— C'est toi, n'est-ce pas ? demanda-t-il enfin.

— Moi quoi ?

— Celui dont tout le monde parle. C'est toi qui étais un démon mais qui as renoncé à tes pouvoirs par amour. Je peux te dire que cette histoire en a rendu furieux plus d'un, là où nous nous rendons.

— Je sais.

— Tu es vraiment sûr de toujours vouloir y aller ?

— Absolument.

— Je te trouve bien pressé de rejoindre ton destin, fit observer Charon.

— Faux. Je suis très pressé de sauver la femme que j'aime. Je sais pertinemment qu'ils m'attendent, mais cela m'est égal. De toute façon, j'y vais, un point c'est tout ! Bon, on peut partir, maintenant ?

— Bigre ! répondit Charon, une expression amusée dans le regard. Tu es mal barré, mon garçon ! Un complexe d'Orphée doublé d'un complexe de héros, le tout mâtiné d'une petite tendance suicidaire… Plutôt impressionnant ! Je n'ai jamais fait traverser un gars de ton genre, jusqu'à présent. Je retire ce que j'ai dit. Tu as peut-être une petite chance de réussir. Si tes amis te donnent un coup de main. À condition d'en avoir, bien sûr !

— J'en ai, dit Cole.

— Tu m'en vois ravi ! répondit Charon avec un sourire qui exposait soudain une dentition parfaitement blanche. Tu sais quoi ? Je dois t'avouer que cela me ferait fichtrement plaisir que quelqu'un rabaisse un peu le caquet de ces démons, confia-t-il. Ils donnent une mauvaise réputation au Monde des Ténèbres. Bon, mon p'tit gars. Dis-moi qui détient ta douce amie et je vais voir si je peux t'amener à un endroit qui lui ôtera ses moyens d'action. Rien ne m'interdit de le faire, que je sache !

Cole ressentit une nouvelle bouffée d'espoir. Voilà une chose qu'un démon ne ferait jamais : aider un autre être sans y trouver un bénéfice évident. *Mais c'était une réaction très humaine*, se dit Cole. Après tout, peut-être n'était-ce pas forcément un désavantage d'être un humain dans le Monde des Ténèbres.

— Merci, répondit Cole.

— De rien, je t'en prie. Tu as l'argent pour le passage ? Je ne fais pas ça gratuitement, tu sais !

Cole extirpa la pièce de sa poche et la jeta au passeur qui l'examina en faisant la grimace.

— C'est toujours la même chose, ronchonna-t-il. Pas une seule augmentation durant toutes ces années. Tu te rends compte ? Ça ne suit même pas l'indice du coût de la vie !

— Le coût de la vie, ce n'est pas une référence quand on travaille avec les morts.

Charon éclata de rire.

— Elle n'est pas mal, celle-là ! Je pense que je pourrais finir par te trouver attachant, gamin ! Tu es prêt ?

Plus prêt que jamais ! pensa Cole en hochant la tête.

— D'accord. Alors on y va ! dit Charon.

— Non ! s'écria Phoebe avec véhémence. Non, Nick, tu te trompes. Je ne trahirai jamais Cole.

— Pas Nick, la corrigea-t-il. Nick Gerrard était simplement un homme. Maintenant, je suis *Tauschung*. Je suggère que tu commences à t'y habituer. Comme tu ferais mieux de t'habituer à l'idée que tu vas rester ici pour un bon bout de temps. Et je te signale que tu as déjà trahi Cole. Comment, sinon, crois-tu avoir pu atterrir ici ?

— Parce que tu m'as joué un tour pendable ! cria presque Phoebe. Cela ne compte pas. Ce n'est pas pareil et tu le sais très bien. Je ne trahirais jamais Cole délibérément.

— On verra bien, pas vrai ? dit *Tauschung* avec un sourire entendu qui horripila Phoebe au plus haut point.

Elle serra les poings de frustration.

— Au fait, tu aimerais peut-être le voir, non ? continua-t-il. Tu pourrais regarder Cole tenter sa pathétique opération de sauvetage… Eh oui ! Il vient à ton secours ! En fait, il doit être en chemin à l'heure où nous parlons.

Il fit un geste brusque et les chandelles s'éteignirent. Phoebe sursauta. Avant que ses yeux puissent s'adapter à l'obscurité, les lourds rideaux vermillon accrochés entre les candélabres se mirent à briller. Puis, au grand étonnement de Phoebe, ils s'écartèrent lentement, comme au théâtre.

Il plante carrément le décor, pensa-t-elle. Comme si Cole et elle allaient jouer une pièce pour son seul agrément… À cette pensée, son sang se mit à bouillir. Elle était près d'exploser ! Regarder Cole se battre pour sauver sa vie n'était vraiment pas un spectacle qu'elle avait envie de voir.

Phoebe garda les yeux fixés sur ce qu'elle ne pouvait s'empêcher de considérer comme une scène de théâtre. D'abord d'un noir profond, cette scène s'éclaira lentement, emplie de brume.

Le brouillard, pensa-t-elle. Quel moyen parfait pour créer une ambiance d'illusion ! Comme tout devenait plus clair, plus compréhensible… Cela n'augurait rien de bon.

Tauschung fit un autre geste et la brume tomba doucement, flottant seulement à quelques centimètres du sol. Puis, à travers l'obscurité, Phoebe commença à distinguer des silhouettes. Deux hommes dans une petite embarcation. Bien qu'on ne puisse voir leurs traits, elle devina que l'un était très vieux et l'autre plus jeune.

Le vieillard était penché sur une paire de rames et, malgré son grand âge, ses gestes étaient puissants et réguliers. Le jeune homme se tenait à genoux à l'avant de la barque, regardant droit devant, essayant de découvrir vers quoi ils se dirigeaient. Puis il se retourna pour adresser la parole au vieillard.

Quand Phoebe reconnut ses traits, son cœur fit un soubresaut.

Cole, pensa-t-elle. *Cole !*

Dieu merci, il venait la chercher.

Mais pourquoi, bon sang, n'était-il pas resté en sécurité à la maison ?

CHAPITRE 13

— Ça marche ! s'écria Paige, tout excitée. Piper, le voilà ! C'est Cole !

Elle se pencha sur la jatte, le visage près de l'eau.

— Fais attention, Paige ! la prévint Léo. Si tu touches l'eau, le sortilège est rompu.

— D'accord, tu as raison.

Elle se redressa et mit les mains dans le dos comme une écolière surprise à piquer un bonbon dans la bonbonnière.

— Je pense que je me suis un peu laissé emporter par mon enthousiasme. Mais vous vous rendez compte ? Le voilà ! C'est plutôt bon signe, non ?

— Sans doute, répondit Piper.

Maintenant que le sortilège avait réussi, elle se rendait compte combien elle était exténuée. *Léo avait raison*, pensa-t-elle. Localiser dans le Monde des Ténèbres nécessitait une énergie incroyable.

Raison de plus pour se ménager.

— Moi aussi, je suis contente, ma chérie, reprit-elle.

Mais je pense que nous devrions tous nous calmer et rester concentrés sur Cole. Ainsi nous pourrons l'aider s'il en a besoin.

— Tu as raison, dit Paige. Mais il y a une chose qu'il faut que je te dise.

— Quoi ?

Paige passa un bras autour des épaules de sa sœur.

— Tu es absolument géniale !

— Nous, ma chérie. Nous sommes géniales ! rectifia Piper.

Il y avait certainement eu des moments au début de leur relation où elle s'interrogeait sur les capacités de Paige à prendre au sérieux ses nouvelles responsabilités, mais elle se débrouillait divinement bien. Il n'y avait aucun doute à ce sujet.

Des sœurs, pensa Piper. *Maintenant et à jamais.*

À travers les larmes soudaines qui menaçaient de troubler sa vision, Piper gardait les yeux fixés sur l'eau, sur l'image de l'homme qui les réunirait, elle, la sœur qui se tenait à côté d'elle et celle qui leur avait été enlevée.

— C'est encore loin ? demanda Cole en se tournant vers le rameur.

Pendant la première partie du voyage, ils avaient surtout été occupés à discuter de l'enlèvement de Phoebe, de celui qui l'avait ravie et de ses desseins. Mais Cole n'en éprouvait pas moins une grande impatience d'arriver au but. L'idée que son amie soit retenue contre son gré le rongeait comme une maladie.

— Nous arriverons quand nous arriverons, dit calmement le passeur avec une certaine empathie. Si tu étais un de mes clients habituels, je pourrais te dire que la longueur du trajet et ton lieu de débarquement dépendent de la vie que tu as vécue. Mais avec toi, ça ne colle pas, tu comprends ?

Cole laissa échapper un grognement de frustration. Décidément, ces êtres surnaturels étaient difficiles à décrypter. Avec Léo, c'était souvent la même chose.

— Désolé d'avoir posé la question, marmonna-t-il. Mais je suppose que ça fait partie du jeu.

Charon sourit.

— Tu piges vite.

Cole se retourna de nouveau vers l'avant de la barque et scruta l'eau sur laquelle Charon et lui voyageaient. Il n'en avait jamais vu de semblable. Elle était parfaitement lisse, absolument noire. Même le passage de la barque ne semblait pas la perturber. De plus, elle ne reflétait strictement rien, pas même le visage de Cole quand il se pencha vers elle. Il tendit la main pour la toucher.

— Si j'étais toi, je ne le ferais pas !

Cole retira aussitôt la main.

— Pourquoi ?

Charon haussa les épaules.

— Il y a certaines choses auxquelles il vaut mieux ne pas toucher. D'autant plus que cet endroit n'a pas vraiment été conçu pour les vivants.

— Quel est d'ailleurs cet endroit ? Je connais le mythe du Styx, mais je suppose que les choses ne s'arrêtent pas là, n'est-ce pas ? Je peux le ressentir. Il y a quelque chose… en plus.

— Très bien, répondit Charon. Rares sont les passagers qui le remarquent. Cela dit, ils ont d'autres préoccupations ! En fait, on pourrait dire qu'ici c'est en quelque sorte le néant. L'espace entre le monde du dessus et le monde du dessous. Peut-être ne l'avais-tu d'ailleurs pas remarqué quand tu étais un démon. Ces types-là passent juste à travers. Et puis, pour les démons, le néant est simplement un autre endroit, sans importance. Mais pour les mortels, c'est toute une autre histoire. Le néant, pour eux, est une transition, l'endroit où ils se rendent compte qu'ils ne sont plus dans leur monde, par exemple. La barque et l'eau sont juste des attrape-nigauds, pour rendre le passage plus… convivial, si je puis dire.

— Et vous ? s'enquit Cole en observant Charon de plus près.

Malgré l'urgence de la situation, il devait admettre qu'il se sentait assez intrigué par ce vieillard.

— C'est pareil pour moi. On pourrait dire que je suis le visage du néant. Mais ne te méprends pas : la barque et moi existons vraiment, tout comme le néant. Nous avons une espèce d'arrangement tacite. Un statu quo éternel. Je ne cherche pas d'embrouilles au néant et il ne m'en cherche pas. Je te serais donc reconnaissant de garder tes mains dans la barque, mon p'tit. Ta présence est déjà bien assez dérangeante, ici.

— Parce que je suis vivant ?

— D'abord. Et ensuite à cause de qui tu es. Tu n'es peut-être plus un démon, mais il te reste pas mal de pouvoir, tu sais. Le choix que tu as fait a tout de même secoué pas mal de choses, ici.

Brusquement, et sans raison apparente, Charon changea de rythme et la barque bifurqua légèrement.

— On y est presque, annonça-t-il.

— Où est-ce que vous allez me débarquer ? demanda Cole.

— À l'endroit où ils pourront le moins t'épier. Note que cela ne sera pas très facile, mais il se trouve que ce n'est pas loin de l'endroit où s'est installé ton pote *Tauschung*. Plutôt intéressant, non ?

— Comment ça ?

— Il a très envie de prouver qu'il peut être aussi mauvais que les autres démons mais, malgré tous ses efforts, il ne peut échapper à ce qu'il est vraiment. Cela dit, on peut en dire autant de tout le monde, pas vrai ?

— De certains plus que d'autres, peut-être.

Charon sourit.

— Tu es bien placé pour le savoir, je suppose. Mais tu ferais quand même bien de te méfier, une fois que tu auras débarqué. Là où tu vas, les choses peuvent devenir assez imprévisibles.

— C'est déjà prévu comme ça.

Le choc de l'accostage déstabilisa brusquement la barque et Cole dut s'agripper au bord.

— Bon, nous y voilà ! annonça Charon.

— Vous êtes sûr ?

Une fois de plus, le passeur sourit.

— Fais-moi confiance. À l'instant où tes pieds toucheront la terre ferme du Monde des Ténèbres, tu sauras trouver ton chemin. Pour l'instant, tu ne peux rien voir parce que tu fais encore partie du néant. Il te suffit de sortir de la barque et tout s'arrangera.

Cole lui tendit la main. Après un moment, Charon la saisit. La poigne du vieillard était ferme et sûre, mais sa main était d'un froid glacial. Troublé, Cole vit des larmes briller dans les yeux du passeur.

— Bonne chance, dit Charon d'un ton bourru.

— Merci, répondit Cole en se retournant. Tout ce que j'ai à faire, c'est débarquer, hein ? demanda-t-il en hésitant quelque peu.

— Ça fera l'affaire. Mais il y a un truc que tu pourrais faire pour moi, si tu veux bien.

— Ah oui ? Et quoi donc ?

— Tu peux coller une bonne raclée à ces fichus kidnappeurs de fiancée !

— Je ferai de mon mieux.

— Parfait. Bon, ne reste pas à traîner ici, fiston. Elle t'attend, pas vrai ? Vas-y !

Cole se retourna, leva un pied, l'étendit et le posa. Un profond soulagement envahit son corps quand son pied toucha quelque chose de solide.

— Rappelle-toi, dit encore Charon. Ne regarde pas en arrière. Regarde devant toi.

— Je m'en souviendrai, promit Cole.

Puis il souleva l'autre pied et le posa à côté du premier. Les deux pieds étaient maintenant ancrés dans le sol du Monde des Ténèbres. Il put presque entendre une porte claquer derrière son dos et aurait pu donner sa main à couper que Charon n'était plus là. Mais il évita soigneusement de se retourner.

Tout d'abord, Cole resta parfaitement immobile, se contentant simplement de respirer. Puis, exactement comme le lui avait promis Charon, le Monde des Ténèbres commença lentement à émerger autour de lui. Les choses ne devinrent pas vraiment plus claires car ces parties du Monde des Ténèbres semblaient plongées dans l'obscurité perpétuelle. En fait, plus Cole attendait, plus il s'habituait à cette obscurité.

Il s'agenouilla et ramassa une poignée de terre à ses pieds et la laissa couler entre ses doigts.

Du sable, pensa-t-il. Maintenant, il savait où Charon l'avait déposé : un endroit que même les démons évitaient.

Le Désert.

Cole savait qu'il devrait franchir ce lieu inhospitalier pour rejoindre Phoebe. Il posa son pied avec prudence, attendant de voir s'il s'enfonçait avant de poser le second. Il ignorait combien il mettrait de temps pour traverser le Désert, mais il préféra ne pas y songer. Cela importait peu, d'ailleurs. Il fallait coûte que coûte en atteindre l'autre extrémité à moins de mourir en cours de route.

Il avança avec un rythme lent mais régulier afin d'économiser son énergie.

Accroche-toi, Phoebe, pensa-t-il. *J'arrive.*

CHAPITRE 14

Le Pouvoir des Ténèbres était d'une humeur massacrante.

— Comment ça, il est là ! cria-t-il en s'adressant au valet démon qui s'inclinait profondément devant lui. S'il est là, pourquoi ne me l'a-t-on pas amené ici ?

Le valet marmonna quelques paroles inintelligibles. Son groin était pressé contre le sol, ce qui le rendait encore plus difficile à comprendre que d'habitude.

— Oh, et puis lève-toi ! glapit son maître en l'envoyant voler de l'autre côté de la pièce d'un geste brutal.

Un *splash* juteux retentit dans la pièce quand le valet s'écrasa contre le mur.

Mais le Pouvoir des Ténèbres ne lui prêtait déjà plus attention. Marmonnant furieusement dans sa barbe, il se dirigea d'un pas nerveux vers un brasero. Il y plongea la main nue et remua les braises avant d'éparpiller sur elles une poudre noire. Une fumée âcre s'éleva aussitôt dans l'air et y stagna, comme si elle attendait ses ordres.

Le Pouvoir des Ténèbres allait se faire un plaisir de lui en donner.

Il y avait en effet un certain nombre de choses qu'il avait hâte de savoir, et en particulier pourquoi celui qui devait l'informer de l'arrivée de Cole ne l'avait pas fait.

— Montre-moi *Tauschung* ! gronda le Pouvoir des Ténèbres.

— Il l'a fait ! Il a réussi ! s'écria Piper, terriblement soulagée. Bravo, Cole !

— Bon, il ne lui reste plus qu'à trouver Phoebe, n'est-ce pas ? demanda Paige.

— Exact, répondit simplement Piper.

Sans parler des pièges inventés par les démons et qu'il devra déjouer, songea-t-elle. Mais mieux valait ne pas semer la panique. Elle avait trouvé le ton de Paige un peu trop léger, un peu trop optimiste pour être honnête.

Elle commence déjà à craquer, pensa Piper. Et dire qu'ils venaient à peine de commencer. Pour Cole, tout comme pour elles, il restait encore un sacré bout de chemin avant que tout soit rentré dans l'ordre.

Le sortilège de localisation leur permit de voir Cole en train d'avancer dans ce qui semblait être un vaste désert. Il marchait lentement, mais avec une certaine régularité. En le regardant ainsi progresser, Piper ressentit encore une espèce de vertige et dut se retenir à la table pour ne pas perdre l'équilibre. Léo tendit aussitôt le bras pour la retenir.

— Ça ne va pas, Piper ?

Elle secoua la tête.

— Je ne sais pas, admit-elle. J'ai comme une espèce de vertige, de temps en temps, comme si j'avais marché des dizaines de kilomètres.

— C'est un peu ce que je craignais, dit Léo. Je pense que c'est un effet secondaire du sortilège de localisation.

Piper laissa aller sa tête contre Léo et se sentit aussitôt un peu mieux.

— Je n'ai jamais ressenti ce genre d'effets secondaires, auparavant.

— Sans doute parce que tu n'as jamais utilisé ton don pour explorer le Monde des Ténèbres, lui rappela Léo. C'est beaucoup plus épuisant et le fait que tu sois très liée à Cole doit encore ajouter à ta fatigue.

— Parce que je ressens sa fatigue ? Parce que je vis ce qu'il vit ?

Elle se pencha sur la surface de l'eau. Cole était en train de monter une pente assez raide et, malgré son excellente forme physique, il était essoufflé. Quand il atteignit le sommet, il fit une halte, se pencha en avant et, les mains sur les genoux, tenta de reprendre son souffle.

Même si elle respirait plus facilement, Piper ressentit une brûlure dans ses propres poumons.

— Oui, répondit Léo. Ce n'est peut-être pas aussi intense, mais je crois que tu perçois ce qu'il ressent.

— Est-ce que ça fonctionne dans les deux sens ?

demanda soudain Paige. Je veux dire… est-ce que Piper peut envoyer de l'énergie positive à Cole ?

— Malheureusement non. Cole sert uniquement de canal dans ce sens. Quel que soit le danger qu'il rencontrera, celui-ci risque de mettre Piper en danger.

— Super ! C'est exactement ce qu'il nous fallait ! grommela Piper.

— Mais où se trouve Cole ? s'impatienta Paige. Tu as une idée, Léo ?

— Je crois. On appelle cet endroit le Désert.

— Et qu'est-ce que c'est, exactement ? s'enquit Piper.

— Comme son nom l'indique, c'est en effet une espèce de désert. Il est habité par les morts qui ont littéralement gâché leur vie. Ils avaient l'occasion de faire le bien, d'arranger les choses, et l'ont laissée passer. Après la mort, ils sont envoyés dans le Désert, cet endroit où ils passeront l'éternité à réfléchir au néant qu'était leur vie inutile.

— Et que feront-ils quand ils verront un vivant ? demanda Piper.

— Bonne question ! C'est difficile à savoir, dit Léo. Ils peuvent aider Cole pour se racheter tout comme ils peuvent aussi bien essayer de le détruire. À moins qu'ils ne soient tellement pris dans leur misère personnelle qu'ils ne le verront même pas. Il est impossible de le prédire. Ce sera un gros point d'interrogation. Tout ce que nous pouvons faire, c'est de ne pas le perdre de vue et de croiser les doigts.

— Il recommence à avancer, annonça Paige en montrant l'image de Cole qui avait entrepris de descendre la pente.

Piper ferma les yeux un court instant. Elle se sentait fatiguée. Tellement fatiguée. Et dire que ce n'était qu'une fraction de ce que ressentait Cole !

C'est sans espoir, pensa-t-elle. Puis elle sentit la main de Paige sur son épaule.

— Ça va aller, Piper, lui dit doucement sa sœur. Même si Cole ne peut pas le sentir, il faut qu'on garde toute notre énergie. Qu'elle reste concentrée sur lui.

Piper ouvrit les yeux. Paige avait raison. Il fallait qu'elle soit forte, qu'elle ait une attitude positive.

Tu peux y arriver, Cole, pensa-t-elle. *Nous pouvons y arriver ensemble.*

Oui, ils pouvaient retrouver Phoebe et la ramener à la maison. Il le fallait.

CHAPITRE 15

— Le Désert ! fit remarquer *Tauschung*. Quelle surprise ! Et Charon qui l'aide... Si je m'étais attendu à ça ! Cela risque d'être encore plus... intéressant que je ne l'imaginais !

Ah, super ! pensa Phoebe. *Était-ce donc tellement ennuyeux, jusqu'à maintenant ?*

Cependant, tout ce qui apparaissait comme une surprise aux yeux de *Tauschung* pouvait être considéré comme un avantage pour les Charmed.

— Tu nous connais, nous les humains. Ou peut-être pas, d'ailleurs. Vu le mal que tu te donnes pour me convaincre que tu vaux plus qu'un humain. Nous sommes pleins de surprises, nous autres.

Elle adressa un sourire forcé à *Tauschung*, l'un de ceux qui dévoilent une belle rangée de dents.

— Ne te donne pas de faux espoirs, Phoebe, dit-il comme s'il avait lu dans son esprit.

Sa voix était calme, mais Phoebe remarqua qu'il

avait rougi en se détournant de l'image de Cole dans le désert, pour la regarder en face.

*Il y a... quelque chos*e, pensa-t-elle. Quelque chose dans la manière dont Nick-*Tauschung* ressentait son humanité, ou plutôt sa non-humanité, en l'occurrence. Que lui avait-il dit plus tôt ? Qu'il voulait donner une leçon à Cole, lui prouver que le choix qu'il avait fait n'était pas le bon.

La tactique du silence que Phoebe avait adoptée commençait à porter ses fruits. Plus il parlait, plus il se révélait. Maintenant, il ne restait plus à Phoebe qu'à espérer qu'il en dirait le plus possible.

— Ainsi Cole s'est fait un ami et cet ami lui a fait une faveur, continua *Tauschung*. Peu importe ! À long terme, cela ne fera aucune différence.

— Tu n'en sais rien.

— Tu as raison, admit-il sur un ton un peu trop mielleux pour être honnête. Mais jouons à un petit jeu : Espoir contre logique. D'accord ? Si les habitants du Désert ne lui font pas un sort dans un premier temps, Cole doit quand même te retrouver et ensuite vous emmener tous les deux sains et saufs hors du Royaume des Ténèbres. Quelles sont vos chances de réussir ? Ici-bas, la moitié des démons donnerait cher pour sa peau et l'autre moitié serait ravie de s'occuper de toi. Vos chances de salut sont tout de même très faibles.

En effet, on n'en mène pas large, pensa Phoebe. *Tauschung* a malheureusement raison. Mais à quoi sert l'espoir si ce n'est pour avancer, et cela quelles que soient les chances de réussir ? Aussi longtemps qu'elle continuerait à vivre, il resterait de l'espoir. Autant pour Cole que pour elle-même.

— J'ai toujours eu un problème avec la logique, confessa-t-elle, déterminée à pousser *Tauschung* à bout de nerfs.

Continue à le distraire, pensa-t-elle, *occupe-le le plus longtemps possible.* Et puis, il s'exprimait avec une telle suffisance, une telle arrogance qu'elle avait surtout envie de le moucher une fois pour toutes !

Elle plongea calmement son regard dans celui de Nick.

— Le problème, c'est que la logique fonctionne seulement bien dans le néant, sans tenir compte de l'inattendu. Prends Charon qui aide Cole, par exemple. Il n'y avait aucune raison logique pour que cela se produise, et pourtant… Si l'inattendu se produit une fois, il peut se reproduire. Ce qui remet sérieusement en question tes certitudes et tes chances de réussir !

— Ma pauvre Phoebe ! déclara-t-il, quelque peu agacé. Ton raisonnement est tiré par les cheveux. Tu t'accroches à n'importe quoi !

C'est ce que tu crois ! pensa Phoebe. *Tu crois me tenir à ta merci, prisonnière. Méfie-toi, je risque de te causer quelques soucis !*

Elle commença à arpenter la pièce, jouant avec les objets précieux qui la décoraient, ne prêtant plus aucune attention aux images de Cole. En se concentrant sur les efforts qu'il faisait, elle se montrait passive et se comportait comme une prisonnière sans recours, jouant exactement le jeu de *Tauschung*.

— Là d'où je viens, on appelle ça une attitude positive, dit-elle en retournant une délicate porcelaine chinoise dans tous les sens. Je ne m'accroche pas à n'importe quoi, Nick. Les choses ne font que commencer et, à moins que le pouvoir de prédiction ne fasse partie de tes dons, tu ne peux pas savoir comment cela va se terminer. À ta place, je me mettrais à compter les démons avant qu'ils ne soient tous zappés.

Tauschung fit un pas vers elle.

— Cole n'a plus le pouvoir de les zapper, n'est-ce pas ? C'est bien là son problème ! Rien, que ce soit prévisible ou non, ne pourra changer le fait qu'il soit humain maintenant. Seulement humain.

Ah ! C'était donc ça ! pensa Phoebe. Malgré la situation peu brillante dans laquelle elle se trouvait, Phoebe ne pouvait s'empêcher de ressentir une certaine excitation.

— Peut-être devrais-tu te montrer un peu moins obtus en ce qui concerne ta vision du genre humain. C'est bien plus complexe que ça n'en a l'air, tu sais ! Je te croyais plus perspicace, mais il est vrai qu'en ne pensant qu'à soi, on finit par porter des œillères !

— C'est ça, oui ! commenta *Tauschung* sur un ton lourd de sarcasme. Tu crois que le fait de penser à Cole, de l'aimer, te rend si forte ? Mais tu te trompes sur toute la ligne, ma pauvre Phoebe ! L'amour te trouble, te déconcentre, t'affaiblit. Tu ne me crois pas ? Regarde Cole. L'amour qu'il te porte l'a ramené dans le Monde des Ténèbres, un endroit où il n'aurait jamais choisi de revenir de son propre chef. Maintenant, il court un danger mortel. Au sens littéral du terme. Et pourquoi ? Eh, oui ! C'est son amour pour toi qui va le tuer.

Non ! pensa Phoebe en laissant échapper la statuette de ses mains. De tout son être, elle refusait l'argument de *Tauschung*. Elle n'était pas idiote, elle comprenait très bien son raisonnement, mais elle refusait simplement de le croire. Elle refusait de croire que l'Amour pouvait détruire les gens.

Malgré elle, Phoebe sentit de nouveau ses yeux attirés par les images de Cole, de cet homme qu'elle aimait et qui l'aimait. Il avançait dans ce qui ressemblait à un immense désert et il avait l'air épuisé.

— C'est bien, Phoebe, murmura *Tauschung*. Regarde l'homme que tu aimes, regarde Cole. Tu vois sa douleur et sa souffrance ? Ce n'est que le début. Il y en aura encore bien davantage avant que ce soit fini. Et tout ça à cause de l'amour. L'amour, c'est ça, rien que ça, Phoebe.

— Non, murmura-t-elle. Je ne te crois pas.

Tandis qu'elle continuait à le regarder, Cole trébucha et tomba sur ses genoux. Phoebe sentit son cœur flancher. Mais Cole se releva et continua simplement à avancer. En observant son visage, elle remarqua un détail qui lui était resté inaperçu. *Tauschung* s'en était-il rendu compte, lui aussi ?

Il est vrai que les traits de Cole étaient tendus d'inquiétude, mais il y avait autre chose. De la détermination. Quoi qu'il arrive, Cole ne renoncerait jamais. Non seulement parce qu'il avait de la volonté à revendre, mais parce qu'il y avait quelque chose qui le soutenait durant ses épreuves.

C'est ça, l'amour ! pensa Phoebe tandis que tous ses doutes et ses inquiétudes s'évanouissaient. Un instant, elle avait failli laisser la peur la dominer, mais Cole lui-même lui avait prouvé que *Tauschung* se trompait du tout au tout.

L'Amour n'apportait pas douleur et souffrance,

mais aidait au contraire à les surmonter. *Comme l'espoir*, pensa Phoebe. Comme si l'amour et l'espoir étaient les deux sommets d'un triangle. Le troisième était le plus difficile à conquérir. Il demandait bien plus d'engagement et d'effort intellectuel. Il exigeait qu'on se regarde bien en face, qu'on prenne conscience de ses peurs pour mieux les surmonter.

Le troisième sommet du triangle était la confiance.

C'était là que Cole et elle avaient failli. Ils n'avaient pas su se faire confiance et avaient ainsi ouvert une brèche. Une brèche par laquelle s'étaient immiscés le Pouvoir des Ténèbres et son acolyte, *Tauschung*. Ensemble, ils avaient creusé un fossé entre Cole et Phoebe. Un fossé qui mettait maintenant leurs vies en danger… ou pire encore.

Si Phoebe restait dans le Monde des Ténèbres, la magie du Pouvoir des Trois serait perdue à jamais. Ses sœurs courraient un danger mortel, incapables de protéger leurs propres vies et celles des innocents qui avaient besoin d'elles.

Tout ça à cause de paroles prononcées dans la colère et le dépit ! Tout ça parce qu'ils avaient oublié de se faire confiance.

Il suffit que je remette les compteurs à zéro, pensa-t-elle. *Que je complète de nouveau le triangle !*

Autant commencer tout de suite, surtout que ni Cole ni elle n'avaient de temps à perdre.

Elle détourna les yeux des images de Cole et fit face à *Tauschung*. Il avait essayé de trouver son point faible et il avait échoué. Maintenant, c'était son tour.

Mais avant qu'elle puisse commencer, il prit la parole :

— Ça commence, n'est-ce pas, Phoebe ? Tu sais que Cole va échouer et cela devient de plus en plus difficile à regarder en face. Je comprends que tu veuilles détourner les yeux. C'est normal de vouloir éviter les scènes horribles.

— Tu te trompes, Nick, dit-elle en insistant sur son nom humain en s'efforçant de garder une voix calme et posée.

Délibérément, elle posa les yeux sur Cole et ajouta :

— Je n'ai pas peur de voir la vérité en face, moi. Tu ne peux pas en dire autant, Nick !

— Je ne vois pas ce que tu insinues, répondit-il immédiatement. Et je te l'ai déjà dit : mon nom est *Tauschung* !

Oh ! pensa Phoebe. *Tu commences à t'énerver, mon pote !*

— Je pense que tu vois très bien ce que je veux dire, répondit-elle en tournant délibérément les yeux vers lui, cette fois. Une femme t'a fait beaucoup de mal, pas vrai ? Tellement de mal que tu as cru plus prudent de ne plus être humain. Tu es donc devenu le jouet du Pouvoir des Ténèbres. Je trouve que ça montre la force de l'amour, pas toi ?

Le visage de Nick s'empourpra aussitôt. Douleur, gêne, fureur… c'était tout à la fois.

— Qu'est-ce que tu me racontes ? s'indigna-t-il d'une voix devenue rauque. C'est un cours d'intro à la psycho ou quoi ? Tu ne trouves pas que ton raisonnement est un peu primaire ?

— Il n'en est pas moins vrai, répondit Phoebe. Toutes ces histoires marrantes que tu m'as racontées l'autre soir sur ces femmes qui t'ont plaqué, je sais que ce sont des mensonges. Mais la vérité est dans ton passé, Nick. Il y a une histoire que tu as peur de raconter, celle qui t'a détourné de l'amour.

Nick éclata de rire, un rire amer. Il se laissa lourdement tomber sur son fauteuil, tournant le dos aux images de Cole, comme si le plaisir de voir son ennemi se débattre avait soudain perdu de son intérêt.

— Oh, Phoebe, tu t'imagines avoir tout compris alors que tu te trompes sur toute la ligne ! Je ne me suis pas détourné de l'amour, c'est l'amour qui s'est détourné de moi. Littéralement. C'est vrai, j'ai jadis aimé une femme. Et elle m'aimait. C'est du moins ce que je croyais. En fait, c'était surtout à mes biens et à ma jolie petite gueule qu'elle s'intéressait. J'ai perdu les deux quand les révolutionnaires ont brûlé le château de ma famille jusqu'aux fondations. Quand ma soi-disant amoureuse a vu ce que le feu avait fait à mon visage, elle n'a pas pu en supporter la vue. C'est elle qui s'est détournée de moi, m'a rejeté, a rejeté ce que j'étais devenu. Alors j'ai décidé de devenir autre chose, quelque chose qu'aucune femme ne pourrait plus jamais rejeter.

— Une illusion, murmura Phoebe alors que tout devenait enfin terriblement limpide. *Tauschung*.

Nick acquiesça. L'expression de son visage était tout à coup redevenue hautaine et arrogante, comme s'il voulait prouver à Phoebe qu'il ne s'était pas trompé dans son choix.

Phoebe ne sut pourquoi elle posa la question suivante, mais dès qu'elle l'exprima, elle comprit que c'était la bonne :

— Et toi, Nick, que vois-tu quand tu te regardes ?

Nick vacilla, comme si elle venait de le frapper.

— Tu poses trop de questions.

— Tu en es incapable, n'est-ce pas ? Tu n'arrives pas à te regarder en face.

Nick se leva si brusquement que Phoebe recula.

— Et toi ? Tu t'en crois capable ? hurla-t-il. Tu ne peux pas imaginer ce que je suis, à qui tu as affaire, Phoebe Halliwell !

— Je crois que si, répondit Phoebe en s'efforçant de rester calme malgré les battements précipités de son cœur.

Devait-elle pousser son avantage ou faire machine arrière ? Elle choisit la première option.

— Il y a un nom pour celui qui ne peut pas se regarder en face, dit-elle. Ça s'appelle un lâche. Tu pensais que le Monde des Ténèbres allait te rendre plus fort, n'est-ce pas ? Bien au contraire. Cela ne t'a donné qu'un endroit plus sombre encore pour te cacher.

— Tu veux me voir, c'est ça ? dit Nick d'une voix qui claquait comme un fouet. Méfie-toi de ce que tu demandes, Phoebe, car tu pourrais bien l'obtenir.

— Des mots, toujours des mots, rien que des mots ! s'insurgea Phoebe. Et pas d'action. Je me demande bien pourquoi. Non, attends… je sais. C'est parce que tu crains que je ne puisse faire quelque chose dont toi tu es incapable, n'est-ce pas ?

Nick laissa échapper un ricanement désagréable.

— Ça m'étonnerait !

— Prouve-le ! le défia la jeune sorcière.

Il y eut un long silence. Tous deux se mesuraient du regard. Puis, lentement, un sourire se dessina sur les lèvres de Nick.

— Très bien, dit-il. Tu crois être plus forte que moi, alors prouve-le. Tu l'auras voulu !

Phoebe sentit une onde d'énergie traverser la pièce comme une vague d'électricité statique. Puis il y eut un crépitement, suivi d'un sifflement, et la pièce fut plongée dans l'obscurité totale.

— Tu n'en fais pas un peu trop ? plaisanta-t-elle malgré son cœur battant. Et puis, il est difficile de me terroriser si je ne peux rien voir.

Le silence.

Phoebe sentit un picotement courir le long de sa nuque.

— Nick ?

Toujours rien. Pas de lumière. Aucun bruit, mis à part le battement du cœur de la jeune femme. Puis, avec la même brutalité qu'elles s'étaient éteintes, les chandelles dans les candélabres se rallumèrent. Derrière, les rideaux étaient refermés. L'image de Cole s'était évanouie.

Nick Gerrard avait disparu, lui aussi.

À l'instant même où il avait voulu se montrer à elle, quelque chose l'en avait empêché.

Sans doute le Pouvoir des Ténèbres.

Pourquoi ne m'a-t-il pas emmenée, moi aussi ? se demanda Phoebe. La disparition de Nick, de *Tauschung*, faisait-elle partie de son plan ? À moins que l'inattendu ne soit encore arrivé et cela malgré toute logique ?

Comment savoir ?

Mais une chose était sûre : elle n'allait pas rester ici, à se demander ce qui s'était passé. Son ravisseur était parti. Elle pouvait donc partir à son tour.

Sa décision prise, Phoebe se précipita vers la porte de la chambre, puis passa la tête dans le corridor pour inspecter les lieux avant de reculer.

Rien.

Aucune alarme ne s'était déclenchée quand elle était sortie de la pièce. Aucun démon, quel qu'il soit, ne gardait le couloir. À moins, bien sûr, qu'ils ne soient invisibles. Mais cela n'était pas du style de *Tauschung*. Difficile de se laisser démoraliser par quelque chose qu'on ne voit pas venir, n'est-ce pas ?

Ce qui voulait dire, pour l'instant du moins, que la voie était libre. Elle s'apprêta à faire ce qu'elle aurait dû faire plus tôt : aller à la rencontre de Cole.

Sur la pointe des pieds, elle se glissa hors de la chambre et s'engagea dans le couloir. Arrivée à un croisement, elle hésita un instant, puis fonça vers la gauche. La direction de son cœur.

Tout en avançant, elle essaya de faire taire la petite voix dans sa tête qui lui disait que la direction n'avait aucune importance, puisqu'elle n'avait pas la moindre idée de l'endroit où se trouvait Cole.

CHAPITRE 16

Une douleur sourde martelait les tempes de Cole et ses jambes étaient comme du caoutchouc. Ses yeux brûlaient. Ils étaient tellement secs que même en clignant des paupières, il ne parvenait pas à les hydrater. L'intérieur de sa bouche était aussi desséché que le Sahara. Cela n'avait rien d'étonnant, car il avait l'impression de l'avoir traversé.

Charon avait raison, pensa-t-il. Traverser le Désert n'avait rien d'une partie de plaisir ! Au moins, les morts qui habitaient cet endroit l'avaient laissé tranquille. Jusqu'à maintenant, en tout cas. Et cependant, Cole était certain de les avoir entendus. Il n'y avait certainement pas grand-chose à voir dans le Désert, comme son nom l'indiquait. Mais les bruits ne manquaient pas !

Un gémissement sourd et continu emplissait l'air. Parfois doux, parfois plus fort. S'il s'était trouvé ailleurs que dans le Monde des Ténèbres, Cole aurait cru que c'était le vent. Mais en ces lieux, il n'avait aucun doute quant à l'origine de ces cris plaintifs. Des âmes tourmentées, incapables de trouver le repos. Cole ne pouvait les apercevoir, mais il les entendait et les sentait tout autour de lui. Un instant, il s'était arrêté, intrigué par des sanglots d'une grande amertume. Il en avait eu le cœur brisé. Alors il avait fait la seule chose en son pouvoir : se couvrir les oreilles des deux mains pour ne plus les entendre et continuer péniblement sa route. Il ne pouvait rien pour soulager les créatures en ces lieux, malgré toute l'empathie qu'il pouvait ressentir pour elles.

Phoebe, en revanche, pouvait encore être sauvée.

Cole tituba encore sur quelques pas, scrutant les environs. C'était là. Cole pouvait le voir, maintenant. L'endroit qui marquait la fin de la première partie de son voyage.

On l'appelait la Frontière. Elle était marquée par un simple mur de flammes.

De l'autre côté de ce feu, Phoebe était tenue prisonnière. Pour l'atteindre, Cole devrait littéralement marcher à travers les flammes. Il n'y avait pas d'autre solution. D'après ce qu'il savait, la Frontière s'étendait indéfiniment. Il était impossible de la contourner. Il aurait pu envisager de passer par-dessus, mais tout autour de la Frontière, le paysage du Désert était aussi plat qu'une crêpe. Même lorsqu'il était encore un démon, Cole était pratiquement incapable de sauter par-dessus un immeuble ou un mur de feu d'un seul bond.

De plus, il n'avait aucune idée de l'épaisseur de la Frontière. Si elle se limitait à quelques pas, il pourrait éventuellement la franchir sans y laisser trop de plumes, mais si c'était beaucoup plus large, il pouvait aussi bien se laisser mourir tout de suite. Le sauvetage de Phoebe prendrait fin à peine commencé.

La situation n'avait rien d'exaltant !

En fait, la seule chose positive dans tout cela, c'était que Charon avait raison en disant que le Désert était le seul accès au territoire de *Tauschung* qui ne soit ni surveillé ni gardé.

Il continua à avancer, ne s'arrêtant qu'une fois la chaleur dégagée par la Frontière devenue insoutenable. Immobile, il étudia le mur de feu. Même les gémissements du Désert semblaient s'évanouir tandis que les flammes commençaient à picoter sa peau déjà complètement déshydratée. En silence, il considéra ses options.

Il ne lui fallut qu'une seconde pour se rendre compte qu'il n'en avait que trois :

Avancer.

Reculer.

Rester là où il était.

Les deux dernières étaient tout simplement inacceptables. Il ne lui restait donc plus qu'à avancer. Dans la mesure où Phoebe se trouvait de l'autre côté des flammes, il était hors de question d'envisager autre chose.

La décision prise, Cole retira sa veste et l'enroula autour de son bras. Il était content de ne pas avoir succombé à la tentation de s'en débarrasser quand la traversée du Désert était devenue insoutenable. Maintenant, il pouvait s'en servir pour se protéger la tête de la chaleur. Cela ne serait sans doute pas très efficace, mais bien mieux que rien du tout.

Cole prit quelques longues inspirations, ignorant

l'air brûlant qui lui écorchait la gorge. Il secoua ses jambes douloureuses pour refaire circuler le sang. Si seulement son corps n'était pas aussi éreinté. Il allait devoir courir aussi rapidement que possible le plus longtemps possible.

La voix de Charon lui revint à l'esprit. *Souviens-toi, ne regarde pas en arrière. Regarde devant toi.*

Voilà un bon conseil, pensa Cole. *Mettons que c'est un gage d'espoir.* Il prit une dernière inspiration, les muscles déjà bandés pour commencer sa course à travers les flammes.

Avant qu'il puisse faire un premier pas, la terre sous ses pieds commença à trembler et l'air à gémir une fois encore, avec bien plus de frénésie qu'avant. Le sable se mit à siffler et vibrer, bouillonnant comme la surface d'une marmite d'eau en ébullition. Cole trébucha en arrière, tentant désespérément de garder son équilibre.

Puis, giclant de la surface du sable bouillonnant, comme les tentacules d'une gigantesque pieuvre, ils arrivèrent.

Des mains. Des bras.

Les mains des morts. Innombrables. Se griffant les unes les autres dans leur hâte d'atteindre Cole, formant une mer infinie d'appendices préhensiles et désespérés.

Les morts ne faisaient pas qu'habiter le Désert. Ils *étaient* le Désert.

Ce fut sa dernière pensée.

Puis les mains le trouvèrent, l'agrippèrent et le tirèrent vers le bas, de plus en plus bas. Cole se débattait comme un damné, hurlant le nom de Phoebe tandis que le sable atteignait ses genoux, sa taille puis sa poitrine.

Il appelait encore son nom, même quand le sable du Désert entra dans sa bouche ouverte et emplit sa gorge.

Puis le Désert lui-même devint silencieux.

CHAPITRE 17

Piper s'effondra sur le sol.

Elle était en train de regarder Cole devant le mur de flammes, se demandant s'il allait réussir ou non à le traverser. Puis…

En fait, Piper aurait eu de la peine à raconter ce qui était arrivé ensuite. Étant donné l'endroit où se trouvait Cole, il y avait fort à parier que l'enfer avait dû se déchaîner.

C'était là sa dernière pensée cohérente.

Elle put sentir sa connexion avec Cole devenir plus étroite, comme une corde brusquement tendue à la limite de la rupture. Piper avait soudain l'impression que Cole et elle étaient liés par une frêle ligne de survie qui l'avait entraînée hors d'elle-même, à cheval entre les deux mondes, à moitié dans celui du dessus, à moitié dans celui du dessous, ses sens fonctionnant en veilleuse dans ces deux univers.

À travers le bourdonnement de ses oreilles, Piper put entendre Paige supplier Léo de l'aider.

— Que se passe-t-il, Léo ? Qu'est-ce que je dois faire ? Dis-moi comment je peux l'aider.

— Calme-toi. Tu ne peux aider personne si tu paniques.

— Bien sûr que je panique, continua à hurler Paige. Je te signale qu'on est en pleine catastrophe !

— Continue à regarder l'eau, lui conseilla Léo. L'un de nous doit surveiller Cole.

— D'accord, ça je peux le faire.

Comme à travers une épaisse couche de coton, Piper sentit Léo s'agenouiller à côté d'elle.

— Piper ? Peux-tu m'entendre ?

Il lui prit la main et la serra très fort, tentant de lui transmettre son énergie. Piper serra à son tour, mais il était loin, tellement loin.

— Elle est encore consciente, déclara Léo. Elle ne peut simplement plus communiquer.

— C'est bon signe ou mauvais signe ? demanda Paige d'une voix tremblante d'émotion.

Il ramassa Piper dans ses bras.

— À la fois bon et mauvais. Tu as des nouvelles de Cole ?

— Aucune. Devrais-je essayer de le téléporter hors de là ?

— Pas encore, mais je pense que nous devrions nous tenir prêts à le faire.

Non ! pensa Piper. *Vous ne pouvez pas faire ça. Phoebe…*

Elle commença à gesticuler dans les bras de Léo.

— Que se passe-t-il ? s'inquiéta Paige. Elle a des convulsions ?

— Je ne sais pas. Elle essaie de nous dire quelque chose, à moins qu'elle ne soit liée au combat de Cole.

— Tu crois qu'il est en train de mourir ? paniqua Paige. Tu as bien vu ce que ces créatures lui faisaient, Léo. Il ne tiendra pas plus de quelques minutes sous ce sable. Il faut que tu me laisses le téléporter jusqu'ici.

Le corps de Piper frissonna tandis qu'elle essayait d'inspirer un peu d'air. *Il faut que je le leur dise*, pensa-t-elle. *Que je le leur fasse comprendre.*

— Si nous le ramenons maintenant, nous risquons de mettre en péril le sauvetage de Phoebe.

— Le sauvetage ? Quel sauvetage ? sanglotait Paige. Ces trucs là en bas essaient de tuer Cole et il n'a même pas encore atteint le territoire des démons. Si nous ne réagissons pas rapidement, ils vont réussir. Comment sauver Phoebe si nous perdons Cole ? Il faut que tu m'aides à le ramener. Je t'en prie, Léo.

Doucement, il posa Piper sur le sol et elle entendit ses pas s'éloigner.

— Cela ne me plaît pas, dit-il. Mais je suis d'accord avec toi. Ne perdons plus de temps. Sortons-le de là !

— Ouf, Dieu merci ! Piper ira mieux quand on aura récupéré Cole, n'est-ce pas ?

Piper va très bien maintenant, pensa Piper. *Il faut simplement que je trouve un moyen de vous l'expliquer.*

— En principe, répondit Léo. Bon, on y va ?

— On y va !

Piper rassembla toutes ses forces.

— Nooon ! gémit-elle.

— Que se passe-t-il ? paniqua Paige. Qu'arrive-t-il à Piper ?

— L'eau ! s'exclama Léo. Regarde l'eau, Paige !

— Quoi ? Sur la Terre ?

Osant à peine respirer, Paige était penchée au-dessus du bol de localisation pendant que Léo retournait s'agenouiller à côté de Piper.

— Je n'arrive pas à le croire… bredouilla Paige.

Piper s'était assise et tentait désespérément de faire entrer de l'air dans ses poumons brûlants. Adossée contre Léo, elle commença à tousser.

— Pas sur la Terre, en dessous ! dit Piper quand elle put parler.

Paige secouait la tête, ébahie.

— À travers, tu veux dire ! Cela signifie que les miracles existent, même dans le Monde des Ténèbres.

— Voilà une parole digne d'un Etre de Lumière, déclara Léo avec un sourire.

Il allait mourir. Le sable allait le tuer. Ce n'était plus qu'une question de temps.

Le sable était partout. Il remplissait maintenant les yeux de Cole, son nez, sa bouche et ses oreilles, s'infiltrant sous les vêtements, lui égratignant la peau. Il y en avait au-dessus de lui et en dessous, devant lui et derrière lui, l'embrassant partout comme une fiancée jalouse qui n'aurait voulu le garder que pour elle.

Cole pouvait sentir son cœur battre très fort et cette sorte de sifflement, sans doute le bruit de sa propre respiration à travers ses poumons douloureux.

Il essaya de se dégager des mains qui l'agrippaient

pour avancer dans le sable comme un ver, mais il savait que c'était inutile. Sa force diminuait, il se sentait terriblement faible. Elles, en revanche, étaient très fortes et surtout tellement, tellement nombreuses !

Quel héros je fais ! pensa Cole avec amertume. *Je suis désolé, Phoebe. J'ai fait de mon mieux.*

Dommage que cela n'ait pas été suffisant. Puis, aussi brutalement qu'il avait été tiré vers le bas, Cole se sentit projeté vers le haut. Sa tête et ses épaules explosèrent à l'air libre. Son instinct de survie s'enclencha immédiatement. Il dégagea ses bras puis le haut de son torse. À demi redressé, il retira le sable qui encombrait sa bouche, respira brièvement, recracha encore du sable et inspira plus longuement. L'air brûlait ses poumons, mais c'était tellement agréable de se sentir revivre.

Puis il sentit de nouveau les mains qui s'accrochaient à ses jambes.

Non ! pensa-t-il. *Pas encore une fois !*

Il ne survivrait pas à un autre traitement de ce genre. Ça, il en était certain.

Enfin les mains le lâchèrent et il s'extirpa du sol.

Il était sorti. Sur et non sous la terre sèche. Trop épuisé, il resta allongé un instant, essayant de comprendre ce qui venait de lui arriver. Puis il se redressa avec précaution, regarda autour de lui. Même là, il lui fallut quelques secondes avant que la vérité lui saute aux yeux.

Il n'y avait plus de sable, il était sorti du Désert, et de l'autre côté de la Frontière.

Lentement, Cole se remit sur ses pieds. Autour de lui, s'étendait une immense prairie. Comme pour se moquer des habitants du Désert, la terre de l'autre côté de la Frontière était verte et luxuriante, aussi accueillante qu'une oasis. À côté, les flammes de la Frontière n'en paraissaient que plus chaudes, plus destructrices. De là où il se trouvait, Cole pouvait encore sentir leur chaleur insoutenable.

Je n'y serais jamais arrivé, comprit-il soudain. Aucun être vivant n'aurait pu traverser la Frontière. Cela, il en était certain, maintenant. Mais les habitants du Désert savaient quelque chose que Cole ignorait. Il y avait un autre moyen de passer de l'autre côté. Et ils avaient emmené Cole par le seul chemin qu'ils connaissaient.

Pas par-dessus, pas autour, pensa-t-il. *Mais par-dessous la Frontière.*

Les habitants du Désert n'avaient pas tenté de le tuer, mais de l'aider de la seule manière qui leur était possible. Comme si, en aidant Cole, ils avaient trouvé un moyen de donner un sens à leur existence malgré tout. Une manière de racheter leur vie inutile.

La gorge déshydratée comme du parchemin, Cole s'éclaircit la voix.

— Je ne sais pas si vous pouvez m'entendre, mais merci, parvint-il à dire.

Il essaya de continuer, de trouver une manière d'exprimer tout ce qu'il ressentait, puis comprit qu'il l'avait déjà fait. Parfois, les mots les plus simples suffisaient.

Cole sentit un mouvement bizarre sous ses pieds et regarda par terre. À travers l'herbe verte, il aperçut des yeux, des centaines d'yeux s'étendant à perte de vue. Tous le fixaient avec intensité.

— Merci, répéta-t-il. Vous m'avez rendu un fier service, je ne l'oublierai pas.

Il sentit le sol soupirer comme si ses paroles avaient comblé un vide, un besoin. Un à un, les yeux se fermèrent.

Cole se retourna et commença à traverser la prairie. Chaque pas le rapprochait de Phoebe et de tous les habitants du Monde des Ténèbres qui voulaient réellement mettre un terme à sa vie.

CHAPITRE 18

— Tu me dois une explication ! cria le Pouvoir des Ténèbres. J'ai bien l'intention de l'obtenir avant de mettre un terme à ta misérable existence en t'arrachant la tête, quel que soit ton visage. Je pense que ma patience ne durera pas plus de trente secondes.

Il fixa le mur où ses pouvoirs avaient épinglé *Tauschung* comme un vulgaire insecte.

— Commence à parler ! ordonna le Pouvoir des Ténèbres.

La fureur fusa à travers les veines de *Tauschung*. Le plus troublant, c'est qu'il ne savait pas ce qui le rendait le plus furieux, Phoebe ou sa propre faiblesse. *La sorcière s'est jouée de moi*, pensa-t-il. Elle avait posé quelques questions indiscrètes et l'avait mis dans un état qu'il s'était juré de ne plus jamais connaître. Elle avait réussi à le mettre hors de lui. Il avait carrément perdu le contrôle de la situation.

Tu vas me le payer, Phoebe Halliwell ! pensa-t-il.

— J'attends ! insista le Pouvoir des Ténèbres.

— Je suis désolé de vous avoir offensé, Maître... bredouilla *Tauschung*. Mais il n'y avait aucune raison d'intervenir. Je contrôlais la situation.

— Tu contrôlais la situation ! gronda le Pouvoir des Ténèbres. Tu savais que le traître se trouvait dans le Monde des Ténèbres et tu n'as rien fait. Tu ne m'as même pas informé. Tu appelles ça contrôler la situation ?

— Mais je faisais quelque chose, protesta *Tauschung*. Tout se déroulait selon mes plans. Je jouais avec les cordes sensibles de la sorcière afin de mieux la conditionner pour la suite. Je vous aurais informé des tribulations du traître au moment opportun.

— Ah vraiment ? Et qui es-tu pour décider quand le temps est opportun ? répliqua le Maître d'une voix dangereusement mielleuse. J'ai l'impression que tu as oublié qui de nous commande, ici !

Ça ne risque pas, pensa *Tauschung*. Il ne sentait plus son bras.

— Vous auriez peut-être pu me faire confiance, dit-il.

Son Maître laissa échapper un rire méprisant.

— Apparemment, tu as également oublié qui je suis. À ta place, je trouverais une explication et tout de suite !

— Vous les voulez détruits, ils seront détruits ! Tout est prévu, comme nous en avions parlé. Mais vous n'allez pas vous contenter de leur enveloppe physique. Ne voyez-vous donc pas que ce n'est pas assez ?

— Ce serait déjà un bon commencement ! Plus que ce que nous avons obtenu jusque-là. J'ai le traître, je le veux mort. Tu le sais. Pourquoi n'est-ce pas chose faite ?

— Parce que le moment n'est pas encore venu.

Plus le Pouvoir des Ténèbres s'agitait, plus *Tauschung* se sentait calme. Il était temps de reprendre les rênes afin de pouvoir retourner à ses affaires. S'il était nécessaire de s'abaisser à quelques flatteries, il le ferait.

— Avant que le traître puisse être tué, il faut qu'il devienne le trahi. Lui et sa sorcière doivent être réunis. Une fois qu'elle l'aura trahi, ce ne sera pas seulement leurs vies que vous pourrez avoir. Leurs esprits, leurs volontés, même leurs âmes seront à prendre. C'est ce que mon plan a prévu. Je les détruirai entièrement et vous deviendrez encore plus puissant.

— Et si tu échoues ?

— Je ne peux pas échouer ! hurla pratiquement *Tauschung*. Mon plan repose sur la nature humaine. Leur nature humaine. Laissez-moi simplement faire mon travail, et le traître et sa sorcière se détruiront eux-mêmes !

— S'ils ne le font pas, c'est moi qui te détruirai.

Il fit un geste de la main et *Tauschung* glissa le long du mur pour s'écraser mollement sur le sol. Quand il se leva, il y eut un grattement à la porte.

— Quoi ? hurla le Maître.

Un page au visage couvert d'hématomes glissa timidement la tête dans l'entrebâillement de la porte.

— Salutations, ô toi, l'horrible ! commença-t-il.

— Laisse tomber ! Dis-moi simplement ce que je veux savoir !

— Le traître a franchi la Frontière et la sorcière s'est échappée, répondit rapidement le page.

Le Pouvoir des Ténèbres adressa un sourire narquois à *Tauschung*.

— Alors ? Tu contrôles toujours tout ?

— Dis-moi où se trouve la sorcière, ordonna *Tauschung*.

Le page interrogea le Maître du regard. Celui-ci acquiesça.

— À l'intérieur de votre antre. En fait, je crois qu'elle s'est perdue, ajouta-t-il avec un sourire édenté.

— Parfait ! Les choses avancent exactement comme je le voulais. Maintenant qu'elle croit qu'elle a une chance de s'en sortir, sa déconvenue sera encore plus grande, encore plus démoralisante. Je suis certain qu'on en finira en un temps record. À condition qu'il n'y ait plus d'autres interruptions, bien sûr !

— Bon, bon… j'ai compris ! grommela le Pouvoir des Ténèbres. Contente-toi de m'apporter la tête du traître !

— Ce sera avec plaisir.

CHAPITRE 19

Cole courait à travers la prairie. Les muscles de son cou étaient tendus comme des cordes, tant il faisait un effort pour ne pas regarder en arrière, par-dessus son épaule. Le haut de son dos brûlait d'une douleur permanente. Courir ainsi à découvert n'était pas une des manières favorites de Cole pour voyager en territoire démon. Autant se dessiner une cible sur le dos et se promener dans un champ de tir.

Cela dit, c'était la seule manière de rejoindre Phoebe, et il le faisait sans hésiter.

Mais ce n'était pas une partie de plaisir pour autant !

Tout en courant, il gardait ses sens en alerte. Les oreilles à l'affût du moindre bruissement, les yeux scrutant tout autour de lui afin d'évaluer le mieux possible le territoire qui l'entourait. Territoire qui devait, sans aucun doute, appartenir à *Tauschung*.

Il sentit le rythme de son cœur s'accélérer, probablement parce qu'il venait d'attaquer une légère côte. La douleur entre ses omoplates s'intensifia et Cole se laissa tomber sur son ventre pour continuer à ramper dans le pure style commando. Cela prenait du temps, mais rendait son avancée un peu plus discrète.

Cole atteignit le haut de la colline et jeta un coup d'œil par-dessus la crête. Devant lui, l'herbe redescendait en pente douce puis remontait en raidillon vers un grand promontoire. Au sommet se dressait ce que Cole ne pouvait qu'appeler un château.

On dirait que je suis arrivé pile au bon endroit, pensa-t-il. Mentalement, il remercia Charon.

Alors que tous ses sens lui hurlaient de se hâter, il s'immobilisa. Se précipiter était une attitude typique de démon. Mais Cole était humain, maintenant. Il ne pouvait peut-être pas éviter ses ennemis, mais il devait anticiper leurs actions. C'était la stratégie et non la force brute qui permettrait à Cole de gagner.

Il baissa la tête et fit mentalement un résumé de la situation et de ses options. Inutile de s'offrir en cible si ce n'était pas vraiment nécessaire.

Si Cole faisait fi de la manière plutôt inhabituelle dont il avait franchi la Frontière, il avait été assez facile de retrouver le lieu de détention de Phoebe, même si c'était avec l'aide de Charon. Sans oublier qu'il n'avait pas été attaqué depuis son arrivée dans le Monde des Ténèbres… Tout cela menait à une seule conclusion : Cole était à l'endroit exact où *Tauschung* voulait qu'il soit. Cela renforçait son analyse de la situation, mais n'en sauvait pas pour autant Phoebe. Pas encore, du moins.

De toute évidence, la prochaine étape consistait à entrer dans le château. Comment y parvenir ? Il pouvait difficilement se présenter à la porte et frapper pour qu'on lui ouvre. *Et pourquoi pas ?* se demanda-t-il soudain. Si *Tauschung* voulait qu'il trouve le château, c'était sans doute pour qu'il y entre, non ?

Trouver le château était tellement facile que c'était peut-être un leurre, un appât qu'on faisait miroiter devant ses yeux avant de le supprimer définitivement. Mais pour quelque raison, Cole ne le croyait pas. D'après ce qu'il connaissait de *Tauschung*, celui-ci préférait l'approche directe et personnelle, se faisant un plaisir de descendre Cole lui-même. Il devait donc laisser entrer Cole dans le château, ce qui arrangeait parfaitement ce dernier.

D'autant que *Tauschung* avait en sa possession un bien meilleur appât que la découverte du château. Il détenait ce qui était à l'intérieur : Phoebe.

Satisfait de son analyse de la situation, Cole se leva. Tant pis s'il faisait une cible parfaite ! Que le spectacle commence ! Si *Tauschung* voulait du corps à corps, qu'à cela ne tienne !

Oubliant toutes ses craintes, Cole dévala la colline en direction de la grande bâtisse. Dans quelques instants, ce château serait la scène du combat final entre le démon qui était devenu homme et l'homme qui s'était vendu à un démon.

Malgré son air résolu, Cole était parfaitement conscient que seulement l'un d'entre eux sortirait vivant de cette épreuve.

CHAPITRE 20

Phoebe se glissa subrepticement le long du couloir, s'efforçant de ne pas se laisser aller au désespoir. Le château de Nick était peut-être un palais, mais c'était aussi un sacré dédale. Elle avait l'impression de tourner en rond depuis des heures, à la recherche d'une sortie.

Il allait bien falloir que quelqu'un cède : Phoebe ou le château.

Elle passa devant une tapisserie représentant un cerf dépecé par une horde de chiens et s'y arrêta quelques secondes. N'en avait-elle pas déjà vu une, semblable à celle-ci, un peu plus tôt ? Non, ce devait être un renard que se disputait une meute de chiens courants. Nick avait apparemment une grande passion pour les scènes de chasse. Surtout le moment particulièrement cruel où la proie se trouve à la merci de ses poursuivants !

Ressaisis-toi, ma fille ! se dit Phoebe en se remettant à chercher une sortie. Elle rencontrait quelques difficultés, mais c'était à prévoir, non ? Elle se trouvait dans la forteresse de son ennemi, il ne fallait donc pas qu'elle s'attende à se voir faciliter son évasion ! Et puis, de quoi se plaignait-elle ? L'environnement qu'elle traversait était tout de même beaucoup plus agréable à affronter que celui de Cole.

Cole, mon chéri, où es-tu en ce moment ? pensa-t-elle. Atteignant un nouveau croisement, elle choisit cette fois de tourner à droite. Sur le mur, à côté d'elle, l'une des torches qui illuminaient le château éclairait une autre tapisserie. Phoebe décida de l'ignorer.

En fait, elle ne saurait jamais si Cole était encore vivant. Cole mort ? *Non ! C'est impossible !* pensa-t-elle en s'arrêtant brutalement. Si Cole avait perdu la vie, elle l'aurait senti, puisqu'ils étaient si fortement liés l'un à l'autre.

Peux-tu me sentir, Cole ? Sais-tu que je suis libre ? Enfin presque... Sais-tu que j'essaie de te retrouver ?

Elle prit encore un tournant et tomba droit dans ses bras.

— Cole ! s'écria-t-elle. Dieu merci, je t'ai trouvé ! Dieu merci, tu vas bien !

— Du calme, Phoebe. Tout va bien.

Il la prit dans ses bras puissants et Phoebe sentit se déverser en elle des myriades d'émotions tellement fortes qu'elle en tremblait. De la rage, de la peur, de la joie, du désir... Elle n'aurait su dire si toutes ces émotions émanaient de son cœur ou de celui de l'homme qui la tenait dans ses bras.

Phoebe se détendit et leva les yeux vers lui.

— Comment as-tu fait pour me retrouver ? demanda-t-elle.

Cole la conduisit rapidement le long du couloir.

— En fait, c'était assez évident. Ce vieux *Tauschung* n'est pas aussi intelligent qu'il le croit.

— Je sais. En fait, je le plains presque.

Cole s'arrêta brusquement et Phoebe faillit trébucher sur lui.

— Quoi ? Tu le plains ? Il t'entraîne dans le Monde des Ténèbres, met ta vie et la mienne en danger et tu le plains ?

— Il a été blessé, dit-elle, blessé par la réaction agressive de Cole. Il a fait un mauvais choix dont il est maintenant le prisonnier. Il ne s'en rend vraiment pas compte. Cela ne me donne pas envie de prendre son parti, bien sûr, mais je le plains.

Les yeux de Cole se plissèrent dangereusement.

— On dirait que vous vous connaissez très bien, tous les deux. Dis-moi, Phoebe ? Suis-je venu ici au péril de ma vie pour rien ?

Le souffle coupé, elle recula d'un pas, puis d'un autre, se détachant complètement de Cole.

— Tu n'es pas Cole. Tu es *Tauschung* !

La chose portant le visage de Cole éclata de rire. Puis ses traits commencèrent à s'altérer et Phoebe revit la scène qu'elle avait vécue lorsqu'elle avait défié *Tauschung* de révéler son vrai visage. Ses traits commencèrent à devenir flous, comme s'ils se repliaient les uns sur les autres. Puis elle vit le visage de Nick revenir, remplaçant celui de Cole. Mais ses vêtements restèrent les mêmes, sans doute parce qu'ils étaient plus confortables pour se battre.

— Très bien, dit Nick. Je me demandais combien de temps il te faudrait pour t'en rendre compte.

— Et ?

— À peine deux minutes, répondit Nick en consultant sa montre. J'avoue que tu as été plus rapide que je ne le pensais. Dis-moi, Phoebe, qu'est-ce qui t'a mis la puce à l'oreille ?

— Ton attitude, répondit-t-elle avec sincérité. Cole ne se serait pas demandé s'il avait risqué sa vie pour rien. Et il ne se serait pas imaginé que j'avais passé mon temps ici à conter fleurette avec toi. Il sait qu'il peut me faire confiance.

— Oh, vraiment ? Ça n'avait pas l'air d'être le cas l'autre soir.

— Les circonstances n'étaient pas les mêmes. Les humains font peut-être des erreurs, mais Cole est le genre de type à ne jamais refaire les mêmes.

— Tu m'as l'air bien sûre de cela !

— C'est parce que j'ai de bonnes raisons de l'être.

— Et es-tu certaine de pouvoir te faire confiance à toi-même ?

— Qu'est-ce que tu insinues ?

Nick pencha la tête de côté et sourit. On aurait dit qu'il entendait quelque chose que Phoebe ne pouvait entendre. L'inquiétude la gagna. *Il mijote quelque chose*, pensa-t-elle. On aurait dit qu'il avait retrouvé son assurance depuis leur dernière entrevue et cela n'augurait rien de bon.

— On va bien voir, dit-il, quand l'occasion se présentera. Tiens… L'occasion est en route, elle devrait arriver ici dans… *maintenant* !

Phoebe réagit immédiatement.

— Cole ! Attention ! hurla-t-elle à l'instant précis où il déboulait d'un autre couloir.

— Cours, Phoebe ! ordonna-t-il.

Puis, sans la moindre hésitation, Cole se jeta contre *Tauschung*.

Avant même qu'elle puisse réagir – de toute manière, elle n'aurait jamais fui en laissant Cole combattre seul le démon – des pages-démons surgirent derrière elle et la maîtrisèrent. Elle se débattait, mais c'était en pure perte. L'intervention des démons l'avait surprise et elle avait perdu une partie de ses moyens. Jusque-là, Nick avait semblé se contenter de combats singuliers.

Il ne prend aucun risque, pensa Phoebe. *Il a l'intention de gagner par n'importe quel moyen.*

Impuissante, furieuse contre elle-même et folle d'angoisse, elle devait se contenter d'être une simple spectatrice de l'affrontement entre Cole et *Tauschung*. Ce dernier se baissa pour éviter un choc frontal avec Cole qui s'était précipité sur lui. L'attrapant par la veste, il le fit voler par-dessus sa tête mais Cole roula sur le dos et rebondit en position de combat. Les deux adversaires se mesurèrent du regard le temps d'un battement de cœur.

Comme ils se ressemblent, pensa Phoebe. *On dirait les deux faces d'une même pièce de monnaie. Opposées et pourtant reliées...*

— Toujours en train de jouer au héros, n'est-ce pas ? le provoqua Nick tandis qu'ils se faisaient face comme deux coqs de combat.

— Epargne-moi tes sarcasmes, veux-tu ! Je suis bien placé pour te dire qu'il vaut mieux être le bon gars que le mauvais !

— Laisse-moi rire ! C'est uniquement parce que tu n'as rien compris !

— Je ne le crois pas.

Cole fit une soudaine feinte vers la gauche. Nick réagit immédiatement. *Ils s'évaluent*, conclut Phoebe en reconnaissant les techniques que lui avait enseignées Cole. Chacun cherchait la faiblesse de l'autre avant que le combat commence sérieusement.

D'après ce qu'elle pouvait voir, ils étaient du même niveau. *Qu'est-ce qui fera pencher la balance ?* se demanda-t-elle. *Le pouvoir de l'amour ou le pouvoir du chagrin ? Lequel sera le plus fort ?*

— Bon ! déclara Cole en parant une feinte de Nick. On continue à bavarder toute la journée ou on passe au vif du sujet ?

Nick sourit.

— Il était temps !

Sans autre forme de procès, il se jeta sur Cole tout en se métamorphosant en une créature qui n'avait plus rien d'humain, sortie tout droit d'un film d'horreur. Un corps trapu et puissant, prolongé de bras interminables qui ne se terminaient pas en mains, mais en griffes acérées.

Les démons qui retenaient Phoebe sifflèrent d'admiration quand leur congénère balança violemment ses griffes en direction de Cole qui parvint à les éviter à la dernière seconde. Les pattes du monstre s'enfoncèrent dans le mur avec un craquement effroyable, détachant des morceaux de pierre. Nick poussa un hurlement de douleur.

Avant que *Tauschung* puisse encore changer de forme, Cole fonça vers lui tête baissée, le bouscula et l'enserra étroitement dans ses bras, afin d'immobiliser les interminables appendices crochus. Alors, devant les yeux effarés de Phoebe, *Tauschung* changea encore de forme pour devenir un long serpent sinueux. Il s'extirpa de l'emprise de Cole, se laissa glisser au sol pour venir se planter derrière lui. Cole fit une volte-face et se remit en position de combat. Son adversaire se redressa aussitôt devant lui en reprenant une forme humaine… ou presque.

C'est mieux, mais pas génial ! pensa Phoebe.

Si elle rencontrait cet individu dans la rue, elle changerait de trottoir pour l'éviter. L'énorme masse de chair simili-humaine menaçait de faire exploser les coutures de ses vêtements. Les yeux injectés de sang, étonnamment rapprochés, luisaient d'une sauvagerie tout animale. On aurait dit un homme de Neandertal gavé d'anabolisants. Les poings devant le visage pour se protéger d'éventuels coups, il dansait avec une étonnante souplesse autour de Cole.

Ses lèvres pendantes s'ourlaient en un sourire moqueur.

— Ce doit être tellement injuste et inégal de devoir se mesurer à quelque chose de surhumain, n'est-ce pas ? dit-il en envoyant son poing vers Cole avec la vitesse d'un projectile.

Le coup manqua le visage de Cole à quelques millimètres près. Les adversaires pivotèrent puis se firent de nouveau face. *Tauschung* sautillait sur ses pieds comme un boxeur tandis que Cole se balançait de gauche à droite sur ses genoux fléchis.

— Peut-être voudrais-tu une touche un peu plus humaine ? demanda *Tauschung* en envoyant un autre coup de poing que Cole parvint à éviter de justesse.

— Tu parles trop !

Tauschung éclata de rire, un son qui provoqua la chair de poule chez Phoebe.

— Bon, si tu veux j'arrête de te tailler une bavette ! concéda-t-il d'un ton mielleux. De toute façon, je préfère te tailler en morceaux !

À ces mots, il envoya un troisième coup que Cole évita en se jetant sur le côté. Mais son adversaire l'y accueillit d'un crochet particulièrement violent de l'autre poing.

Phoebe entendit le coup terrible frapper le corps de Cole. Elle reconnut le craquement des os qui se brisaient. La tête de Cole fut brutalement jetée en arrière et son visage dégoulinait de sang. À la vue de ce spectacle, les démons qui retenaient Phoebe poussèrent des cris d'excitation et d'admiration tout en continuant à tenir ses bras comme dans un étau.

Cole tituba en arrière de quelques pas, puis retrouva l'équilibre. Phoebe craignit que Nick ne se précipite vers lui pour l'achever, mais à son grand étonnement, il bondit en arrière et continua à sautiller autour de lui.

Il veut faire durer le plaisir, pensa-t-elle. *S'amuser encore un peu avec Cole*.

— Tu ne croyais tout de même pas être à la hauteur ! grinça Nick comme pour lui donner raison, en envoyant un nouveau coup.

Cette fois, Cole parvint à le bloquer avec le bras avant de plonger tête la première dans l'abdomen de *Tauschung*. Très vite, il le frappa à plusieurs reprises, si bien que le démon recula un peu.

Super, mon Cole ! pensa Phoebe. Mais elle voyait bien que les coups de Cole avaient peu d'effet. C'était comme s'il frappait un poteau électrique. Cole était un excellent combattant, parfaitement entraîné, très discipliné, rapide et puissant. Mais malgré toutes ces qualités, il n'était pas de taille à se mesurer à la forme que *Tauschung* avait adoptée pour ce combat. Aucun mortel n'aurait pu y parvenir.

Mais c'était bien là l'intérêt de la chose, une partie de la leçon que *Tauschung* voulait lui donner : contrairement à Cole, il avait fait le bon choix.

— Pendant combien de temps crois-tu encore pouvoir tenir ? demanda le démon en reprenant sa danse exaspérante. D'un instant à l'autre, tu vas craquer. À mon avis, ça ne devrait pas tarder, d'ailleurs ! Tu n'as qu'une seule forme alors que moi je dispose d'infinies possibilités. Si l'une de mes formes est blessée ou s'épuise, il me suffit d'en changer.

Comme pour prouver ses dires, il se mit à adopter des formes successives.

Phoebe songea à ces publicités où l'environnement restait toujours le même et où seul le personnage prônant les qualités du produit changeait constamment. Elle aurait été incapable de se souvenir des formes que prenait *Tauschung*, tant il y en avait qui défilaient devant ses yeux.

Finalement, tout se calma. Gerrard et Cole Turner étaient de nouveau face à face.

— Pourquoi ne renonces-tu pas simplement, maintenant qu'il en est encore temps ? demanda Nick d'une voix douce et sincère, comme s'il voulait être le meilleur ami de Cole, que celui-ci lui fasse confiance. Je te promets de te donner une mort simple et rapide plutôt qu'une interminable souffrance. Tu ne veux tout de même pas que Phoebe te voie souffrir, n'est-ce pas ? Epargne-la, au moins.

— Alors épargne-moi ! répondit Cole du tac au tac.

— Ha ! Ha ! Drôle jusqu'au bout ! Mais c'est malheureusement hors de question. Ta vie pour acheter ma liberté. Je regrette, mais cela fait partie de mon contrat.

— Ah, c'est donc ça ! Tu essaies de sortir de ton contrat ? Ne me dis pas que ta vie d'Illusions a perdu de son charme !

Nick éclata de rire.

— Pas vraiment, mais je n'ai plus aucune envie d'être le serviteur d'un autre. Si je te tue, mes pouvoirs m'appartiennent pour toujours. Pas même le Pouvoir des Ténèbres ne pourra me les reprendre.

— Tu ne t'imagines tout de même pas qu'il va tenir sa promesse ?

— Mais si ! En fait, tu devrais considérer cela comme un compliment. Vois avec quelle ardeur il veut ta mort !

— Continue comme ça et tu vas me faire mourir d'ennui !

— Tu veux qu'on en finisse rapidement ? Ça me va ! De toute façon, tu commençais à me porter sur les nerfs !

— Non ! hurla Phoebe.

Elle tenta de se jeter en avant, mais les démons la tirèrent brutalement en arrière et les écailles rugueuses de leurs mains lui écorchèrent la peau.

Mais il était trop tard. Nick et Cole s'étaient déjà empoignés, engagés dans un combat mortel.

CHAPITRE 21

— Je vais mettre fin à tout ça, dit Paige. Et tout de suite !

Dans le grenier du manoir Halliwell, Piper laissa échapper un gémissement angoissé. Du sang coulait de sa bouche et de son nez.

Le combat final entre Cole et *Tauschung* avait tourné au désavantage de Cole si rapidement que Paige n'avait pas eu le temps de mettre son plan de sauvetage en action avant que Piper commence à ressentir, elle aussi, les blessures de Cole. Le lien que les sorcières avaient établi avec le sortilège de localisation fonctionnait malheureusement toujours.

— Sois prudente, Paige ! dit Léo. Tu as vu combien *Tauschung* est puissant. S'il réussit seulement à...

— Il suffit que je m'assure que cela n'arrivera pas, répondit Paige d'un ton déterminé.

Elle jeta un dernier regard au bol qui avait servi à la localisation, gravant les détails de l'emplacement de Phoebe et de Cole dans son esprit.

— Bon, dit-elle en prenant une longue inspiration. Faisons appel à l'élément de surprise !

Rassemblant toutes ses forces, Paige commença à se téléporter. Elle sentit les picotements qui accompagnaient invariablement le processus traverser son corps comme si elle se tenait au beau milieu d'une tempête électrique. Mais jamais la sensation n'avait été aussi forte, aussi brutale. C'était presque douloureux.

C'est sans doute à cause de ma destination, pensa-t-elle. *Tiens bon, Cole. J'arrive !*

L'environnement familier du manoir Halliwell s'évanouissait peu à peu quand, tout à coup, une douleur insoutenable traversa le corps de Paige. C'était comme si elle venait de s'écraser contre un mur de brique. Puis elle se retrouva allongée, le dos sur le sol du grenier.

— Non ! geignit-elle en essayant de se redresser.

Son corps la faisait terriblement souffrir, comme si elle avait été rouée de coups.

— Que s'est-il passé ? demanda Léo avec inquiétude.

— Je ne sais pas. D'abord tout était parfait, puis j'ai eu l'impression de rentrer dans un mur. Et voilà que je me retrouve par terre.

— Je pense que tu viens de toucher la barrière qui sépare le Monde des Ténèbres du monde d'en haut, expliqua Léo. Il faut que tu la traverses pour rejoindre Phoebe et Cole. Cela demande une très grande énergie physique et psychique. J'en sais quelque chose, crois-moi !

— C'est vrai, tu as déjà fait le voyage.

— J'ai l'impression qu'il me faudra retourner là-bas, dit-il en commençant à entrer en lévitation.

— Non, Léo ! Tu ne peux pas faire cela ! insista Paige.

Elle se précipita vers lui pour le retenir auprès de Piper.

— Nous avons déjà parlé de ça. C'est trop dangereux. Et puis, je ne pense pas que tu puisses laisser Piper. Si tu le fais…

— Alors nous allons perdre Cole et Phoebe, dit simplement Léo.

Sur le sol, à côté de lui, Piper laissa échapper un long gémissement. Sa respiration changea, entrant et sortant de son corps avec d'étranges gargouillis.

— Non, pas encore, déclara Paige. Il y a certainement une solution.

Elle commença à faire le tour de la pièce, comme si son esprit allait se remettre à fonctionner en même temps que son corps.

— Si seulement nous avions un lien direct…

— Je pense qu'on peut y parvenir. Il y a le sortilège de localisation de Piper.

Paige se précipita vers la table où la jatte montrait toujours l'endroit où se trouvaient Cole et Phoebe.

— L'eau ! s'écria-t-elle.

Piper laissa échapper un autre gémissement.

— À quoi penses-tu ? demanda Léo. Dis-le-moi !

— Je ne peux pas toucher l'eau sinon je détruis le sortilège, n'est-ce pas ?

Léo acquiesça.

— Mais cela pourrait être une bonne chose, continua Paige. Cela aiderait Piper. Elle ne subirait plus les souffrances de Cole.

— Mais de cette manière nous perdrions définitivement Cole et Phoebe, objecta Léo.

— Pas forcément. Pas si nous jetons un autre sort.

Un léger sourire se dessina sur les lèvres de Léo et il hocha doucement la tête.

— Alors vas-y !

Paige se tourna vers la jatte d'eau. Elle s'efforça de ne pas se concentrer sur les images qu'elle pouvait y distinguer. Cole sur le sol, ensanglanté. Phoebe en train de se débattre entre les mains des démons qui la retenaient prisonnière, l'empêchant de courir à son secours. *Tauschung*, triomphant. Puis les images commencèrent à s'évanouir.

Je n'ai plus beaucoup de temps, pensa-t-elle. Le Maître de *Tauschung* voulait être présent pour la mise à mort.

Le Pouvoir des Ténèbres allait arriver.

Paige prit une longue inspiration pour calmer ses nerfs. Puis elle commença à réciter les paroles de l'incantation :

Terre. Air. Eau. Feu.
Accordez-moi maintenant mon vœu,
Ramenez-moi ceux je j'aime.
Que Phoebe et Cole me reviennent.

CHAPITRE 22

— Phoebe ! bredouilla Cole.

D'un geste brusque, Phoebe parvint à se libérer de la poigne des serviteurs de *Tauschung*. Cette fois-ci, ils ne firent rien pour l'en empêcher.

Elle se précipita aux côtés de Cole.

— N'essaie pas de parler, dit-elle en s'agenouillant. Economise ta force. Nous sommes ensemble, c'est cela qui compte. Tu as réussi, Cole. Tu m'as retrouvée.

— Amour… Paige, marmonna-t-il.

— Je sais, mon amour. Moi aussi, je tiens à Paige, le calma Phoebe.

Mon Dieu, pensa-t-elle. *Il commence à divaguer. La fin doit être proche, maintenant.*

— Alors, Cole ? dit Nick. Tu crois toujours qu'il vaut mieux être un bon qu'un mauvais ? Tu dois avoir oublié que les gentils perdent toujours. Je te remercie de m'avoir donné l'occasion de te le rappeler !

Les torches éclairant le couloir frémirent. La moitié d'entre elles s'éteignirent.

Cela ne pouvait signifier qu'une seule chose…

Oh, non ! pensa Phoebe.

— Excellent ! déclara Nick en confirmant ses pires appréhensions. Mon Maître arrive. Je me doutais bien qu'il voudrait être présent pour la fin. D'ailleurs, il ne sera plus mon Maître, à partir de ce moment-là.

Les lumières frémirent encore et toutes les torches s'éteignirent, sauf une, juste au-dessus de Cole et de Phoebe. C'était suffisant pour que Phoebe puisse voir le visage de Nick Gerrard. *Comment ai-je pu le trouver mignon ?* se demanda-t-elle.

La lumière crue du Monde des Ténèbres montrait un Nick égoïste et cruel.

— Je vais avoir tout ce que je désire, Phoebe, dit-il. Sais-tu quel effet cela fait ? Après tout, c'est toi qui m'as permis d'y parvenir. Si tu n'avais pas été aussi naïve, rien de cela ne serait arrivé.

— Si je n'avais pas été aussi humaine, rectifia Phoebe en serrant la main de Cole.

Elle savait que Nick parlait aussi bien de Cole que d'elle-même.

— Peu importe ce qui arrivera, ajouta-t-elle. Je préfère ma vie à la tienne !

— Tu veux dire… ta mort ? demanda Nick tandis que la torche au-dessus de Phoebe s'évanouissait aussi.

Un froid glacial sembla provenir du couloir.

— Phoebe, murmura Cole. Je t'aime.

— Moi aussi, je t'aime, répondit Phoebe.

— Comme c'est touchant ! intervint Nick. Je suis

impatient de voir ce que vous allez faire maintenant, tous les deux.

À ces mots, la lumière envahit le couloir. Phoebe entendit Nick crier de rage, puis l'éclairage autour d'elle devint tellement lumineux que Phoebe s'agrippa à Cole de toutes ses forces et ferma les yeux.

CHAPITRE 23

Quand elle les rouvrit, elle était assise sur le sol du grenier du manoir Halliwell, Cole toujours serré dans ses bras. Léo se précipitait déjà vers eux. Paige était assise à une petite table, Piper dans ses bras.

— Paige ! balbutia Phoebe. Qu'est-il arrivé à Piper ?

— Ne t'inquiète pas, la rassura Paige. Dès que Léo aura guéri Cole, Piper ira parfaitement bien. Le sortilège de localisation les a liés l'un à l'autre un peu plus fort que nous ne l'aurions voulu.

Inquiète, Phoebe regarda Léo poser une main sur la poitrine de Cole, juste au-dessus du cœur. De l'autre, il lui toucha le front en fermant les yeux. Phoebe put voir son énergie d'Etre de Lumière pénétrer le corps de Cole pour le guérir.

Faites que le pouvoir de guérison de Léo soit suffisant, pria-t-elle en silence. *Pourvu qu'il ne soit pas trop tard.* Elle ne voulait pas perdre une autre sœur et l'homme qu'elle aimait. Le sacrifice de Cole aurait été vain et le Pouvoir des Ténèbres gagnerait malgré tout.

Après quelques instants de forte tension, Léo se

laissa aller en arrière. Cole prit une longue inspiration et ouvrit les yeux. Ils se plongèrent immédiatement dans ceux de Phoebe et s'y perdirent longuement.

— Salut, dit-il finalement.

— Salut, toi.

— On dirait qu'on est de retour, hein ?

— On dirait, répondit simplement Phoebe.

Cole regarda autour de la pièce et s'arrêta sur Paige.

— Qu'est-ce qui est arrivé à Piper ?

— Rien, répondit Piper elle-même, en se redressant. Mais je ne suis pas prête à jeter un autre sort de localisation dans le Monde des Ténèbres avant longtemps.

Léo se leva et tendit la main à Cole.

— Vas-y doucement, dit-il en l'aidant à se lever à son tour.

— Merci à vous, dit Cole en les regardant tous, l'un après l'autre. Sérieusement ! Merci à vous tous.

— Ce n'est rien, je t'assure, répondit Piper. Mais si tu as envie d'aller nous chercher une pizza, ce ne sera pas de refus. J'ai une faim de loup, en ce qui me concerne.

— Une pizza avec toutes les garnitures ?

— Ah, non ! protesta Paige. J'en voudrais une de chaque !

Cole éclata de rire. Pour Phoebe, c'était le son le plus agréable qu'elle ait jamais entendu.

— Bon, c'est d'accord, dit-il finalement.

Puis il prit Phoebe dans ses bras. Elle posa la tête contre sa poitrine pour entendre le battement régulier et rassurant de son cœur.

Il était sain et sauf. Ils étaient ensemble. Décidément, elle adorait les histoires avec un dénouement heureux !

CHAPITRE 24

Quelques heures plus tard, la famille était réunie dans le salon encombré de restes de salade et de pizza. Débarrassée du malaise provoqué par son lien puissant avec Cole, Piper s'était parfaitement remise et avait fêté sa forme recouvrée en préparant une fournée de brownies dont le délicieux parfum imprégnait le salon.

Léo avait déjà tenté d'en chiper un, mais Piper l'en avait empêché et s'était assise sur ses genoux afin qu'il ne puisse récidiver. Cole et Phoebe s'étaient assis l'un à côté de l'autre tandis que Paige s'était approprié la totalité du canapé pour elle toute seule.

— Alors d'après vous, qu'est-ce qui est finalement arrivé à *Tauschung* ? demanda-t-elle.

— Il a perdu, répondit simplement Phoebe. Nous avons gagné. Je suppose qu'il a eu une fin digne du Monde des Ténèbres.

— Il n'a donc eu que ce qu'il méritait, dit Paige.

— En effet. Le pardon n'est pas l'une des vertus du Pouvoir des Ténèbres.

Paige jeta un regard vers Piper.

— À propos de pardon, il y a quelque chose que Piper et moi devons mettre au clair.

Phoebe les considéra l'une après l'autre.

— Vous voulez que je vous pardonne d'avoir été géniales et créatives… et en plus de m'avoir sauvée ?

— Oui, ça tu peux toujours le faire, répondit Piper en se levant pour venir se mettre à côté de Paige. Mais je crois qu'elle parle de quelque chose qui est arrivé avant tout cela. Oui, Léo. Tu peux prendre un brownie, maintenant.

— J'adore quand elle me traite comme un gamin de douze ans, dit Léo en tendant la main vers le plat.

— Tu m'en passes un bien gros ? demanda Cole. J'ai l'impression que les sœurs Halliwell vont encore nous jouer la grande scène du deux.

— Tais-toi, dit Phoebe en le bousculant gentiment. Je parie que cette affaire concerne l'attitude bizarre que vous avez eue, toutes les deux. Je savais qu'il se tramait quelque chose !

Paige fit une grimace.

— On voulait simplement te faire une surprise. Nous serions sorties dîner avec toi si nous avions su que tu dînerais avec une créature du Monde des Ténèbres !

— Bon, bon ! Lâchez le morceau ! Quel est ce gros vilain secret ?

Paige et Piper échangèrent un regard, puis se mirent à parler ensemble.

— On t'a réservé une journée à ta thalasso préférée !

— Quoi ?

— Tu sais, pour te faire dorloter avant de convoler en justes noces. C'était notre petit cadeau de mariage, expliqua Piper.

— Nous voulions nous assurer que c'était vraiment ce qu'il y avait de mieux. Nous avons donc dû faire quelques recherches. Mais chaque fois que nous essayions d'en parler ensemble, tu arrivais et nous étions obligées de nous taire.

Phoebe secoua la tête, incrédule.

— Je n'en reviens pas ! Cela m'apprendra à tirer des conclusions trop vite. Chaque fois que je rentrais et que vous arrêtiez de parler, je croyais que vous parliez de Cole et de moi et que vous trouviez notre couple… mal assorti.

Cole se redressa soudain.

— Hé ! Une minute ! protesta-t-il.

— Mais vous êtes très bien ensemble, tous les deux ! déclara Piper. Tu es notre sœur et nous t'adorons. Et Cole aussi.

— Et nous avons totalement confiance en ton jugement, renchérit Paige.

— Décidément, on en revient toujours au même point, n'est-ce pas ? La confiance.

— Je suis vraiment heureuse de t'entendre dire cela, remarqua Paige. Est-ce que cela signifie que je peux emprunter la 4 × 4 chaque fois que je le veux ?

Les éclats de rire fusèrent dans la pièce tandis que s'évanouissaient les dernières tensions dues à leurs aventures.

— À deux conditions, précisa Phoebe.

— Lesquelles ? demanda Paige.

— Que je puisse avoir un brownie plus gros que

celui que Cole vient de manger, dit Phoebe. Et que Piper et toi veniez avec moi à la thalasso !

— Accordé ! dit Paige. Prends-les tous ! ajouta-t-elle en lui tendant le plat de brownies. Ça te va comme ça ?

— Hé ! protesta Piper. Je n'en ai pas eu, moi !

— Oups ! dit Paige en prenant un air contrit. Moi non plus, d'ailleurs !

— Vous avez de la chance que je sois d'humeur partageuse, aujourd'hui. Après tout, c'est fait pour ça, des sœurs, pas vrai ?

Achevé d'imprimer sur les presses de

BUSSIÈRE

GROUPE CPI

à Saint-Amand-Montrond (Cher)
en octobre 2004

FLEUVE NOIR
12, avenue d'Italie
75627 Paris Cedex 13
Tél. : 01-44-16-05-00

— N° d'imp. : 45059. —
Dépôt légal : novembre 2004.

Imprimé en France